中国文化经典

名家讲中国古典小说

《文史知识》编辑部 编

中华书局　五洲传播出版社

图书在版编目（CIP）数据

名家讲中国古典小说/《文史知识》编辑部编. —北京：中华书局，2014.11

ISBN 978 - 7 - 101 - 10538 - 4

Ⅰ. 名…　Ⅱ. 文…　Ⅲ. 古典小说 – 小说研究 – 中国

Ⅳ. I207.41

中国版本图书馆 CIP 数据核字（2014）第 253174 号

书　　名	名家讲中国古典小说
编　　者	《文史知识》编辑部
责任编辑	刘淑丽
出版发行	中华书局
	（北京市丰台区太平桥西里 38 号　100073）
	http://www.zhbc.com.cn
	E-mail：zhbc@zhbc.com.cn
	五洲传播出版社
	（北京市海淀区北三环中路 31 号生产力大楼 B 座 7 层　100088）
	http://www.cicc.org.cn
	E-mail：liuyang@cicc.org.cn
印　　刷	北京精彩雅恒印刷有限公司
版　　次	2014 年 11 月北京第 1 版
	2014 年 11 月北京第 1 次印刷
规　　格	开本/630×960 毫米　1/16
	印张 11¾　字数 80 千字
印　　数	1 – 4000 册
国际书号	ISBN 978 - 7 - 101 - 10538 - 4
定　　价	70.00 元

目 录

《三国演义》研究中若干问题讨论综述

大伦俚 胡邦炜

建国以来，在几部古典长篇名著的研究中，《三国演义》研究一直处于比较落后的状况。但自从四川《社会科学研究》在 1982 年 7 月开辟"《三国演义》研究"专栏以后，特别是首届《三国演义》学术讨论会 1983 年 4 月在成都举行以后，这种状况已经得到迅速改观。

现将近年来《三国演义》研究中几个争论较大的问题简介如下。

一 关于《三国演义》的作者和成书年代

长期以来，学术界公认《三国演义》的作者是罗贯中，他是元

清顺治满文本《三国演义》

明间人（约1330-1400），《三国志通俗演义》成书于元末明初。但是，"元末明初"还是一个比较笼统的说法。因此近年来，有些学者对这一说法作了具体的探讨，有的则越出了"元末明初"的旧说，提出了新的看法。概括言之，共有以下几种观点：

第一种，认为《三国演义》不是明代作品，而可能是宋代作品，甚至可能是唐五代作品。持此观点的主要是周邨同志，他在《〈三国演义〉非明清小说》（《群众论丛》1980年第3期）中，就江夏汤宾尹校正的《全像通俗三国志传》提出了三条论据：其一，该书在"玉泉山关公显圣"一节中有"迨至圣朝，赠号义勇武安王"一句，"只能是宋人说三分的口吻"。其二，该书"记有相当多的关索生平活动及其业绩"，而"关索其人其事，辗转讲唱流传时代，应早在北宋初，也可能更早于北宋初年，在唐五代间。而这也可能是《三国演义》成书远及的时代"。其三，该书的地理释义共十七处，其中十五处可以推断为宋人记宋代地名。这样一来，罗贯中是否《三国演义》的作者，也就不得而知了。对于这一观点，绝大多数同志都不同意。

第二种，认为《三国志通俗演义》成书于元代。持此观点的同志较多，具体而言，可分三种意见：

1．章培恒、马美信根据书中小字注里的"今地名"，认为"《三国志通俗演义》似当写于（元）文宗天历二年（1329）之前"，其时罗贯中当在三十岁以上（《〈三国志通俗演义〉前言》，上海古籍出版社，1980）。袁世硕的意见与此相近，并进一步推断《通俗演义》成书于元代中后期，即14世纪20年代至40年代，罗贯中的时代应为1300-1370年（《明嘉靖刊本〈三国志通俗演义〉乃元人罗贯中原作》，《东岳论丛》1980年第3期）。

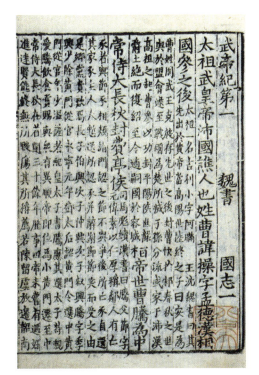

宋刻本《三国志》

2．王利器在《罗贯中写〈三国志通俗演义〉》（《社会科学研究》1983年第1、2期）中，根据南宋末年理学家赵偕的《赵宝峰先生集》卷首的《门人祭宝峰先生文》等材料，认为罗贯中即门人名单中的罗本，他是元代人，在元末创作了《三国志通俗演义》。

3．刘友竹在王利器看法的基础上提出，明王圻《稗史汇编》中的"宗秀罗贯中、国初葛可久"一句，从文字、训诂、语法、逻辑等方面来看，"宗秀"应为"宋季"之误，说明王圻认为罗贯中是南宋末年人。再结合其他材料，可知"《三国志通俗演义》大约写成于14世纪40年代，即至正元年（1341）至十一年（1351）之间"。这时，罗贯中大约为四十岁至五十岁（《〈三国志通俗演义〉是元代作品》，《三国演义研究集》，四川省社会科学院出版社，1983）。

第三种，认为《三国志通俗演义》成书于明初。持此观点的同志也不少，如欧阳健认为，说《门人祭宝峰先生文》中的罗本即罗贯中是可信的，按照门人相互之间"序齿"的通例，排在第十一位的罗本处在第八位的乌斯道（1314年生）和第十三位的王桓（1319年以前生）之间，可以推算他的生年约在1315年－1318年，卒年也可相应定为1385年－1388年。再根据对书中小字注的分析，可以判断《三国志通俗演义》可能是罗贯中于明初开笔，全书初稿的完成当在洪武四年（1371）以后，其时罗贯中在五十五岁左右，其知识和阅历都足以胜任《三国志通俗演义》的写作（《试论〈三国志通俗演义〉的成书年代》，《〈三国演义〉研究集》）。

第四种，认为《三国志通俗演义》成书于明代中叶。张国光在《〈三国志通俗演义〉成书于明中叶辨》（《社会科学研究》1983年第4期）中认为：文学演进有其自身的规律，《三国志通俗演义》是以《三国志平话》为基础的，现存的元刊《三国志平话》是新安虞氏在至治年间（1321-1323）新刊的五种平话之一，代表了当时讲史话本的最高水平，然而篇幅只有约八万字，文笔相当粗糙、简陋；而《三国志通俗演义》篇幅约八十万字，是《平话》的十倍，其描写手法已接近成熟。因此，它的诞生，不能不远在《平话》之后。嘉靖本《三国志通俗演义》是第一个成熟的《三国演义》版本，它不是元末明初人罗贯中的作品，而是明代中后期的书商为了抬高其声价而托名罗贯中的，为此书作序的庸愚子（蒋大器）很可能就是它的作者。

二　关于《三国演义》的主题思想

除了以往提出的"正统"说、"忠义"说、"拥刘反曹反映人民愿望"说、"反映三国兴亡"说等四种观点之外，近年来又出现了以下八种观点：

1. "歌颂理想英雄"说。梅毓龙认为，《三国演义》歌颂了"明君"的典型刘备、"贤相"的典型诸葛亮，"对其他仁厚、智勇、忠义之士，也竭力进行了歌颂。这些歌颂，构成了《三国演义》的基本内容"（《谈〈三国演义〉的主题思想》，《江西师范学院学报》1979 年第 3 期）。

2. "赞美智慧"说。朱世滋认为，"《三国演义》的主题思想应该阐述为：通过三国时期各军事政治集团之间斗争的描写，揭示了正义的力量只有运用智慧才能战胜邪恶的道理"。书中把诸葛亮作为第一主要形象，对他的绝顶智慧采取毫无保留的歌颂态度，正是出于主题的需要（《试论〈三国演义〉的主题》，《丹东师专学报》1980 年第 2 期）。

　　3．"天下归一"说。王志武认为，"《三国演义》主要表现了'天下归一'的进步思想。小说通过汉末致乱、农民起义、诸侯割据、三国鼎立、西晋统一等一系列曲折复杂的历史事件的描绘，表现了汉末至西晋统一这一段历史的真实面貌，表现了'合久必分，分久必合'、'治中生乱，乱归于治'的历史辩证法，表现了'天下归一'是当时历史发展的必然趋势"（《试论〈三国演义〉的主要思想意义》，《西北大学学报》1980年第3期）。

　　有的同志提出的"分合"说，与此说比较相近。

　　4．"讴歌封建贤才"说。赵庆元认为，《三国演义》的主角是诸葛亮，"他是罗贯中根据历史上和传说中诸葛亮的某些特点，结合现实生活中英雄人物的伟大壮举，然后按照自己的美学理想塑造出来的一个'志'、'德'、'才'三者齐备的封建贤士的形象"。罗贯中"以高昂饱满的热情歌颂他，赞美他"，"还塑造了一大批有

诸葛亮像

曹操像

真才实学的知识分子的形象，并且程度不同地予以赞美和颂扬"。因此，"《三国演义》的主题不在于宣扬封建正统思想，也不在于鼓吹'王道'、'仁政'，而是要为真正的贤才呐喊、歌唱。整部《三国演义》就是一曲封建贤才的热情颂歌"（《封建贤才的热情颂歌》，《安徽师范大学学报》1981年第3期）。

5. "悲剧"说。黄钧认为，在《三国演义》中，曹操被刻画为剥削阶级利己主义的集中代表，封建社会现实存在的象征，而刘备则代表了对封建社会理想道德的追求；二者的尖锐对立，构成了全书最基本的矛盾冲突。魏胜蜀败的结局揭示了一个严酷的事实：对封建政治生活起支配作用的力量，不是正义，而是邪恶；不是道德，而是权诈。这不仅是三国时期的历史现实，而且是整个封建社会的历史现实。因此，《三国演义》所表现的蜀汉集团的悲剧，正是悲剧的时代所诞生的我们民族的一部悲剧（《我们民族的雄伟的历史悲剧》，《社会科学研究》1983年第4期）

6. "仁政"说。沈伯俊等人认为,《三国演义》所具有的"尊刘抑曹"的鲜明倾向,反映了挣扎在封建制度残酷压迫之下的人民对仁政的歌颂和向往,对暴政的批判和鞭挞。这不仅是贯穿全书的主题思想,也是《三国演义》在思想倾向上的民主性、进步性的具体表现(《首届〈三国演义〉学术讨论会综述》,《社会科学研究》1983 年第 4 期)。

7. "追慕圣君贤相鱼水相谐"说。曹学伟认为,《三国演义》"通过三国时代尖锐复杂的矛盾斗争的描绘,以及各种典型形象的塑造,表现了作者对圣君贤相风云际遇、鱼水相谐的政治理想的思慕和追求"。作家非常强调圣君贤相必须鱼水相谐,珠联璧合,只有这样,才能获得事业的胜利。这一主题思想,主要是通过蜀汉集团的代表人物刘备和诸葛亮来正面体现的(《试论〈三国演义〉的主题》,《〈三国演义〉研究集》)。

8. "宣扬用兵之道"说。任昭坤认为,《三国演义》是一部形象的三国战争史,它的主线是战争,它的主人公是曹操、诸葛亮、司马懿这三个军事家,政治事件是作为战争史的"过门"写的,它发挥社会效果的主要是战争谋略。因此,"《三国演义》的主题思想就是:作品通过三国兴亡过程中形形色色的战争描绘,着重揭示了战争胜败的关键在于指挥者能否灵活运用'兵不厌诈'的军事思想"(《〈三国演义〉的主题应从军事角度认识》,《〈三国演义〉研究集》)。

三 关于《三国演义》的创作方法

对于这个问题的研究还比较少,主要有两种意见。

杨柳青年画《东吴招亲》

一种意见认为,《三国演义》主要是用浪漫主义方法创作的。李厚基在《用浪漫主义的想象"改造"史实的范例》(《新港》1980年第12期)一文中指出:"像《三国演义》这样的作品和现实主义作品不同,它主观成分和理想主义色彩更浓。它虽没有去创造超现实的、非人间的世界,然而,它的虚构极充分,夸张极大胆,这就有理由说它是以浪漫主义的艺术方法再现了三国时期的历史生活面貌和那段历史的本质和规律。"刘知渐在《重新评价〈三国演义〉》(《社会科学研究》1982年第4期)一文中认为:"《三国演义》的艺术风格属于浪漫主义,这是和民间文艺分不开的。我国自周秦以来,民间文学都以浪漫主义为主,评话艺术尤其离不开夸张的手法。《三国演义》源于评话艺术,由于主要是诉诸听觉,其特点就是夸张,其优点也在于夸张。"

另一种意见认为,《三国演义》主要是用现实主义方法创作的。陈辽在《论〈三国演义〉作者的世界观和创作方法》(《社会科学研究》1983年第1期)一文中指出:"从罗贯中创作《三国演义》等历史小说的实际情况看,他主要采用的是现实主义创作方法。""首先,罗贯中历史地、具体地、真实地表现了历史人物和历史事件。""其次,对稗史记载、民间传说的创造性应用,借以丰富对历史人物、历史事件的细节描写。""又次,用自己的生活经历和生活经验,来丰富对历史人物性格的刻划、对历史事件的描写,从而创造出典型环境中的典型人物。"

四 关于毛本《三国演义》

毛纶、毛宗岗父子评改的《三国演义》,是三百多年来唯一通行

武侯祠

的《三国演义》版本，其影响之大，几乎可以同金圣叹评改的《水浒》比肩而立。怎样评价毛本的功过得失呢？主要有三种意见。

第一种，认为"毛纶父子确是把《三国演义》改得好，从某种意义上应该说是参加了《三国演义》的创作。没有毛纶父子的精心修改，《三国演义》在艺术上就不可能达到今天这样高的水平"（剑锋《评毛纶、毛宗岗修订的〈三国演义〉》，《海南师专学报》1981年第2期）。毛本的成就主要是：其一，在文辞方面，改正了不通顺的句子，改正了重复、不合逻辑之言，修改了上下文不衔接之处，删改了冗长、拖沓的文辞，使全书文辞整洁、流畅。其二，在情节方面，通过改、增、删，不仅使故事情节更加合理，而且更加丰富、生动。其三，在人物形象的润饰方面，毛本按照原作所塑造的人物模型，给予艺术加工，使人物性格更加鲜明生动，完美统一。其四，对于引用的诗文，毛本或削或改或换，使之紧扣故事情节，贴切人物形象（同上）。

第二种，与第一种意见针锋相对，认为"毛氏父子所改，固然有其可取之处，但在很多的情况下，往往改错"（宁希元《毛本〈三国演义〉指谬》，《社会科学研究》1983年第4期）。毛本的主要问题有：其一，对于《三国演义》故事的修订，基本上是失败的。他们以封建正统论为指导思想，以"蜀汉正统"为褒贬人物、论定是非的唯一标准。其二，有意窜改原书词语，加之不明元人语汇，不仅往往改错，而且使得小说语言的时代特色也就不复存在了。其三，将原书中不少出于史传的历史事实任意窜改，因而损伤了原书的历史真实性。持这种观点的同志认为："毛氏父子所加于《三国演义》的污秽不去，则罗贯中真实的思想面貌终难呈现于读者面前。"因此，对《三国演义》一书应当进行新的校理（同上）。

第三种，认为毛本功过相兼，得失参半。"毛宗岗整顿这部长篇小说的结构，分析其结构特点，是评改之所得；而将小说中体现得并不明显的'正统观'，夸大为作者的基本创作思想，以取代作者的创作思想'忠义'说，则是其评改之所失"（陈周昌《毛宗岗评改〈三国演义〉的得失》，《社会科学研究》1982 年第 4 期）。具体而言，毛宗岗舍弃罗本的分卷，整顿回目，将罗本的二百四十则合并为一百二十回，从而使《三国演义》的长篇结构趋于定型化，显示出自己的独特格调。同时，毛宗岗还独到地分析了《三国演义》的"层次安排、线索设置、情节组合、情节剪裁、情节插叙、动态和静态交替描写等六个长篇结构的特点，这是长篇小说在布局结构时带有规律性的问题"。毛宗岗的评改，"同金圣叹对《水浒》人物的艺术分析一样，对小说理论的形成和发展，有着积极的贡献"。但是，另一方面，毛宗岗从封建"正统论"出发，在艺术形象的塑造上，将罗本中已有的"尊刘抑曹"的倾向推上了绝对化的道路，企图把艺术变成图解"正统论"的工具，宰割小说内在的艺术联系，也就削弱了作品的艺术真实性（同上）。

《西游记》中的法宝

陈文新

14　　《西游记》写仙写佛写妖，离不开对法宝的描绘。所谓法宝，即具有某种神奇功能的物件。

　　先说道家的法宝。道家的法宝在《西游记》中很多，而声名最为显赫的法宝拥有者当推道教教祖太上老君。炼丹的八卦炉、盛丹的葫芦、盛水的净瓶、炼魔的宝剑、煽火的芭蕉扇、炼丹时束腰的绳子、拴牛的金钢琢等都是法宝。八卦炉不仅能给玉帝炼制仙丹妙药，还能够打造兵器，八戒的九齿钉钯就是太上老君在这里炼就的；他的两个看炉的童子带着盛丹的葫芦、盛水的净瓶到下界为恶，喊你的名字，只要你一答应，就会被吸到里边，过上一时半刻便化作

法　常《观音图》

脓水；金钢琢的威力更是非同小可，有一次被他的青牛偷了来下界为妖，把悟空的金箍棒、哪吒的六件神兵等一古脑儿都套了过去。

镇元大仙乃地仙之祖，《西游记》中他没有显露什么宝贝，但他的那袭袍袖就足以让人刮目相看。"那行者没高没低的，棍子乱打。大仙把玉麈左遮右挡，奈了他两三回合，使一个'袖里乾坤'的手段，在云端里，把袍袖迎风轻轻地一展，刷地前来，把四僧连马一袖子笼住"。八戒用钯乱筑一阵，不料那袍袖"手捻着虽然是个软的，筑起来就比铁还硬"（第二十五回）。悟空等人两次被笼在衣袖里，领教了镇元大仙的厉害。

紫阳真人在《西游记》中只出现一次，没有给人留下深刻印象，但他的一件宝贝却着实了不得，那就是五彩霞衣。观音菩萨的金毛犼到下界为妖，把朱紫国的金圣娘娘抢去，做押寨夫人。正巧紫阳真人经过这里，就把一件旧棕衣变作五彩霞衣披在了娘娘身上，从此，那娘娘生了一身毒刺，妖怪不能接触她的身体，从而保住了她的贞操。直到悟空降伏那妖怪，救出了金圣娘娘，紫阳真人才收回宝衣，那娘娘"遍体如旧"。看来，这件五彩霞衣具有贞操内衣的功用。

《西游记》中佛家的妖怪多，佛家的宝贝也多。观音菩萨的净瓶就是一件宝物，它里边装的不是凡水，而是"甘露水"，善治仙树灵苗。据说，太上老君当初与观音菩萨打赌，老君把观音的杨柳枝拔了去，放在炼丹炉里，炙得焦干，送给观音。观音把它插在净瓶里，一昼夜的工夫，那杨柳枝又青枝绿叶，郁郁葱葱，与原来一般无二。悟空把镇元大仙的人参果树连根拔起，多亏了观音的这个净瓶，又让那树恢复如初。此外，那净瓶还能装下一海的水，当初，浇灭红孩儿的三昧真火，靠的就是它。

弥勒佛的宝贝也很了得。为弥勒佛司磬的黄眉童儿趁他赴元始会之机，带着他的人种袋以及敲磬的锤儿和金铙来到下界，私设小雷音寺欺骗唐僧师徒。那金铙非同小可，"只听得半空中叮当一声，撇下一副金铙，把行者连头带足，合在金铙之内"，"急得他（孙悟空）使铁棒乱打，莫想得动分毫"。那人种袋更是神奇，"往上一抛，滑的一声响亮，把孙大圣、二十八宿与五方揭谛，一搭包儿通装将去"（第六十五回）。直到弥勒佛亲自出马，方才降伏那怪。

灵吉菩萨的飞龙杖与定风丹也神力非凡。黄风岭的黄风怪使弄**妖风，悟**空敌他不过，到须弥山请来了灵吉菩萨。只见"灵吉菩萨将飞龙杖丢将下来，不知念了些甚么咒语，却是一条八爪金龙，拨喇的轮开两爪，一把抓住妖怪，提着头，两三摔，摔在山石崖边，现了本相，却是一个黄毛貂鼠"（第二十一回）。铁扇公主的芭蕉扇威力无比，一扇子能把人扇到八万四千里开外，灵吉菩萨将定风丹缝在悟空衣服里，铁扇公主"望行者搧了一扇，行者巍然不动"。

毗蓝菩萨的"绣花针"大有来头，据她介绍："我这宝贝，非钢，非金，乃我小儿日眼里炼成的。"她的小儿就是二十八宿之一的昂日星君，没想到他眼里也能炼成宝贝！多目怪的金光曾打败悟空，但在毗蓝菩萨面前却威力尽失，"毗蓝随于衣领里取出一个绣花针，似眉毛粗细，有五六分长短，拈在手，望空抛去。少时间，响一声，破了金光"（第七十三回）。

照妖镜的所有权存在争议。《西游记》说它是托塔天王李靖的宝物。李靖曾用它对付孙悟空和牛魔王，后来文殊菩萨降伏青毛狮怪也用上了照妖镜。但《封神演义》却说它是云中子的宝贝。撇开所有权问题不谈，照妖镜的作用主要有两点：一是凭借它能够看清妖怪的本来面目；二是它能够罩住妖怪的本相，让妖怪腾挪不动，

克孜尔马牙窟第205窟弥勒说法图

无计逃生，牛魔王和青毛狮怪就是这样被降伏的。

铁扇公主的芭蕉扇也是一件难得的宝贝，据灵吉菩萨介绍，"那芭蕉扇本是昆仑山后，自混沌开辟以来，天地产成的一个灵宝，乃太阴之精叶，故能灭火气。假若搧着人，要飘八万四千里，方息阴风"（第五十九回）。且这把宝扇能大能小，不用的时候可以含在口里，不占地方，用的时候，念一下口诀，能够变作"一丈二尺长短"，一扇子就把火焰山"平平息焰，寂寂除光"，两扇子就"习习潇潇，清风微动"，三扇子就"满天云漠漠，细雨落霏霏"（第六十一回），四十九扇后，火焰山彻底断了火根。

像五行相克一样，任何法宝都不会厉害到没有极限的地步，它自身必然存着一个命门，也就是说至少有一种法宝能够降伏它。比如太上老君的金钢琢固然厉害，悟空、哪吒、天王、龙王、火德星君等人的兵器、法宝都奈何不了它，甚至连如来的十八粒金刚砂也爱莫能助，被它套去。但在老君的芭蕉扇前，它就威风不起来了，搧了两下，金钢琢便失灵了。铁扇公主的芭蕉扇也是如此，威力极大，但一粒定风丹就让它无能为力。这种"一物降一物"的设计是很有道理的，任何事物的威力都不能超过一定的限度，不能达到无法控制的地步，必须存在一种对它进行有效制约的"宝贝"或方法，否则，以动态平衡为特征的秩序就会遭到破坏，甚至毁灭。所以，先人们在给神、佛配置法宝的同时，也在这个宝贝身上埋下了一个"盲点"，安排另外一个法宝对它进行"牵制"。《西游记》如此，其他传奇小说和武侠小说也常常如此。

《西游记》写法宝有两个规律：其一，法宝的威力大小往往与它们主人的地位和厉害程度成正比。比如，如来、观音、弥勒佛、太上老君、镇元大仙等人的地位高、法力大，他们的法宝自然就非

月冈芳年笔下的孙悟空

他辈的法宝能比。寿星、太阴星君、李天王等人的地位稍低，法力也不是很大，他们法宝的威力也就小些。其二，法宝多为日常生活中的用品。孙悟空使棒，猪八戒使钯，这是读者十分熟悉的。其他如葫芦、净瓶、芭蕉扇、布袋、敲磬锤、金铙等，亦均为常见之物。惟其常见而又奇异，方能引起读者的好奇心和亲切感。

最难理解是宋江

张国风

《西游记》中千奇百怪的法宝,让读者的好奇心获得极大的满足。

读《三国演义》的时候,觉得曹操不好理解,不知他为什么竟是那样一种矛盾的性格。读《红楼梦》的时候,觉得贾宝玉不好理解,在《红楼梦》出现以前,从未看到像贾宝玉这样真实、内涵如此丰富而又复杂的人物。读《水浒传》的时候,最难理解的是宋江。宋江没有什么武艺,只是仗义疏财而已,他的韬略是后来展示出来的,为什么当他还是一个郓城小吏的时候,就在江湖上有那么大的威信。江湖上一说宋江,便是如雷灌耳,仰慕得不得了。一见宋江,便要跪地磕头,相见恨晚,生死相随,无怨无悔,好像百

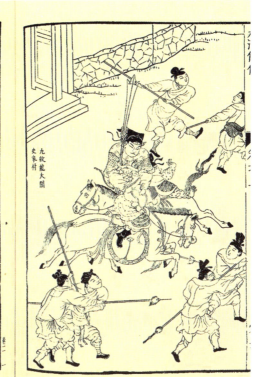

李卓吾先生批評忠義水滸傳卷之二

第二回

詩曰

千古幽扃一旦開　天罡地煞出泉臺

王教頭私走延安府　九紋龍大鬧史家村

生事　本爲禳災却惹災

祖稷從今雲擾擾　洪信從今釀禍胎

到處閙垓垓　高俅奸佞難堪恨　兵戈

話說當時住持眞人對洪太尉說道太尉不知此殿中當

初是祖老天師洞玄眞人傳下法符鎭付道此殿內鎭鎖

何不早說

明容與堂本《水滸傳》书影

23

川归海、众星拱月一般。要说仗义疏财，柴进比他更突出，也更有条件，可是，柴进却没有宋江那样的威信，武松就不太佩服柴进。再说，如果郓城这么一个小小的地方，真有那么一个能够呼风唤雨的人物，有那么多江湖上的好汉，尤其是黑道上的人物渴望着为他出力，那县令只怕夜里要睡不着觉。你说他是个英雄吧，他的妾阎婆惜与人通奸，这样的奇耻大辱，他可以听之任之，置若罔闻。出事的那天晚上，他被老虔婆死皮赖脸地拉了去，阎婆惜那样地冷落他、伤害他、侮辱他。阎婆惜提出的三项条件，极为苛刻，宋江没有丝毫的犹豫，一口答应。你说他窝囊吧，他却能让来自三教九流的英雄们心悦诚服地听从他的指挥，和官军的千军万马对抗。你说他安守本分吧，他却会"担着血海也似干系"给晁盖等人通风报信。你说他不甘寂寞吧，他却死活不肯落草，宁可回去坐牢吃官司。你说他没有抱负吧，他却要血染浔阳江口，甚至"敢笑黄巢不丈夫"。你说他一心造反吧，他却是时刻不忘招安。你说他忠于朝廷吧，他给晁盖等人通风报信又如何解释？

分析起来，宋江是梁山的领袖，是《水浒传》的中心。这么一个领袖人物，一部小说的中心，许多复杂的矛盾，包括主题的矛盾、人物描写与小说结构的矛盾，集中到他的身上，他的复杂是很正常的。加上《水浒传》不是一个作家独立的创作，它是一部世世代代累积而成的长篇小说，这就复杂之外又添复杂。按照我的体会，要理解《水浒传》这样一部大书，就时时刻刻不能忘记它是一部世世代代累积而成的长篇小说。离开了成书过程，把它看作施耐庵一人的著作，就什么都说不清楚。历史上的宋江，"勇悍狂侠"，决不会是书中所写的那种性格。从历史上"勇悍狂侠"的宋江到《水浒传》里那个多少被儒化的宋江，经历了漫长的过程。《水浒传》里宋江的那种性格，成不了事。"秀才造反，三年不成"这句俗话，反映了百姓对"秀才"的深刻认识，我们不要小看它。

《水浒传》的精华在前七十回，金圣叹还是很有眼光的。他把《水浒传》砍成了断尾巴的蜻蜓，主要的原因，是因为他认为强盗是不应该招安的；但与此同时，这位苏州才子也看准了七十回以后的文字大不如前。他的伪造古本，固然算不上光明正大，但他的艺术眼光却不可小视。就书中那些描写得最出色的人物而言，如鲁智深、武松、李逵、杨志、宋江等人，精彩的描写几乎都在上梁山以前。林冲是个例外，他上了梁山以后还有火并王伦一节。这里分析宋江，只分析他上梁山以前的故事。

宋江虽然是全书的中心，但宋江的出场，已经到了小说的第

明容与堂《水浒传》插图
"黑旋风探穴救柴进"

十八回。前面是王进的故事，史进的故事，鲁智深的故事，林冲的故事，杨志的故事，叙事的中心在接力似地转移，没有中心人物，简直有点像《儒林外史》。直到智取生辰纲，突破前面的格局，有晁盖等七人的集体亮相。后来便有了一个根据地梁山泊作为起义的背景和各路英雄的归宿，故事和人物开始隐隐约约地向一个方向集中和凝聚。平心而论，智取生辰纲的设计虽然教人不由得拍案叫绝，吴用虽然号称智多星，但他的反侦察意识还是不强，智取生辰纲的过程中留下了太多的漏洞，官府顺藤摸瓜，非常轻易地就找到了破案的线索。先是犯罪嫌疑人白胜浮出水面，落入捕快的视野，接着是白胜熬不住酷刑而招供，晁盖等七人全部暴露。一张大网悄然张开，紧急抓捕的行动在紧锣密鼓的准备之中，可晁盖等人毫无察觉，还在忙着分赃庆功。真所谓山雨欲来风满楼！作者就是在这样千钧一发的形势下写宋江的出场，并以此突出他在全书的重要地位。没有宋江，也就没有晁盖等七人的聚义梁山，也就没有了后来的轰轰烈烈。

　　宋江的出场，有一个比较详细的介绍。原来，宋江"面黑身矮"，相貌并不出众，真是人不可貌相，海水不可斗量。但是，相貌也不是不重要，阎婆惜之看不上宋江，必定是与此有关。如果宋江貌赛潘安，第三者插足的可能性大大减少，也就不会有宋江杀惜的情节发展，那宋江的人生道路就完全不同了，一部《水浒传》也就要重写了。从这一点来看，人的相貌和人的命运不能说没有关系。介绍中说，宋江是出名的孝子，这一点很重要。传统的伦理中，不忠还有可以原谅的时候，不孝是万万不行的。说宋江仗义疏财，赞助的对象有两种：一是江湖上的好汉，二是贫苦百姓。又说宋江"更兼爱习枪棒，学得武艺多般"。这种介绍就不能认真看待了。我们在后面

26

明陈洪绶《水浒传》叶子
"呼保义宋江"

27

的描写中没有看到宋江有什么武艺。每次遇到危难，需要动武的时候，宋江总是毫无反抗能力，比《西游记》里的唐僧也强不到哪里去。不知他学的什么武艺，大概是花架子，一点实用价值都没有。

考验很快就来临了，晁盖等人东窗事发，官府就要抓人，怎么办？关键时刻，哥们义气战胜了法律。宋江明知道晁盖等人干的是"灭九族的勾当"，却还要"担着血海也似干系"，稳住来人，火速地去给晁盖等人通风报信。原来"刀笔精通，吏道纯熟"的押司没有什么法制观念。幸运的是,宋江的报信没有被官府发现,否则就不要等到杀惜,他自己早就锒铛入狱,饱尝铁窗风味了。

　　杀惜是塑造宋江形象的重要关目,写得非常出色。宋江的故事中,没有一段比杀惜写得更好。写李逵杀人不难,写宋江杀人就难了。宋江之待人接物,总是一团和气,与人为善,温良恭俭让,凡事总替别人着想,从来不见他得罪过什么人,又乐善好施,所以宋江上上下下的关系都非常好。所谓"及时雨",不是乱说的。这样的一个人,他怎么会杀人? 简直是不可思议。所以当阎婆在县衙门前抓住宋江,说宋江杀了她女儿的时候,没有人相信她。宋江本来没有杀人之心,但泼辣刁钻的婆惜一步步地逼他,伤害他,侮辱他,讹诈他,使宋江的愤怒一点一点地积累,终于越过了心理忍受能力的临界点,点燃了那把郁积于胸的无名怒火。杀惜的过程,作者写得非常耐心,非常用心。中国古代的小说虽然没有太多的心理描写,但作者对人物心理的把握却非常细腻。从娶惜到杀惜的过程中,宋江的懦弱无能、优柔寡断暴露无遗。开始是听到一点风声,婆惜有了外遇,宋江当断不断,没有采取快刀斩乱麻的手段去处理。他阿Q式地自我安慰:"又不是我父母匹配的妻室,他若无心恋我,我没来由惹气做甚么? 我只不上门便了。"却又心存侥幸:"只指望那婆娘似比先时,先来偎倚陪话,胡乱又将就几时。"作者为他掩饰,说宋江"于女色上不十分要紧"。但是,不好色,不等于戴了绿帽子也不在乎。只要看看林冲在得知妻子被人调戏后的强烈反应就明白这个道理。宋江杀惜的描写非常真实,非常出色;但杀惜中的宋江,他的性格显然与一个枭雄的形象相距太远,造成了总体上的不协调。世代累积型的长篇小说,其主要的英雄人物往往自觉不自觉地被儒家的伦理规范所整合。《水浒传》里的宋江，他的言行以仁义为主，虽然不完全符合儒家的伦理规范，但留下了被儒家伦理整合的深深的痕迹。《宣和遗事》里已经提到宋江给晁盖等人通风报信和宋江杀惜这两个关键情节。不同的是，在《宣和遗事》里，这两件事情互不相干，而《水浒传》却将两件事连在一起。婆惜拿到了梁山给宋江的书信，并以此来要挟宋江。阎婆惜以为抓到了一件法宝，她没有想到，这一要挟成为一枝催死的令箭。威胁别人的人必定同时受到对方的威胁，这真是屡试不爽的一条规律，多少讹诈他人的人白送了性命！在《宣和遗事》里，宋江见到阎婆惜和吴伟（即《水浒传》中的张文远）"正在偎倚"，"便一条忿气，怒发冲冠，将起一柄刀，把阎婆惜、吴伟两个杀了"。和梁山没有什么关系。显然，《水浒传》里的杀惜，带有政治色彩；《宣和遗事》里的杀惜，则纯粹是为了男女私情。两种处理之中，宋江的境界不同了。显然，《水浒传》里的宋江境界更高。

后面有关宋江的描写依然是充满了矛盾。为了逼秦明上山，宋江用了毒计，让人穿了秦明的衣服去袭城，造成秦明已反的假象，那边便杀了秦明的妻小，这样就断了秦明的退路。秦明自己蒙在鼓里，第二天回去，"到得城外看时，原来旧有数百人家，却都被火烧做白地，一片瓦砾场上，横七竖八，杀死的男子妇人，不计其数"。这"不计其数"的屈死鬼便是争取秦明的代价。这时候，作者光顾得刻画宋江谋略的"高明"，却将他残民以逞的枭雄面目暴露无遗。宋江后来下山"奔丧"，被人抓住。梁山好汉半路救他，他却死活不肯落草，说："这个不是你们弟兄抬举宋江，倒要陷我于不忠不孝之地。若是如此来挟我，只是逼宋江性命，我自不如死了！"大家要给他打开枷锁，宋江不让："此是国家法度，如何敢擅动。"其实，这时的宋江早就做了"不忠不孝"的事，他已经没有资格说这些话了。

连环画《宋江杀
惜》封面，人民美
术出版社，1982年

30

他给晁盖等人通风报信的时候，早就把"国家法度"抛到九霄云外。但作者不管这些，时不时地让宋江表示一下他对朝廷的忠心。宋江劝武松："兄弟，你只顾自己前程万里，早早的到了彼处。入伙之后，少戒酒性。如得朝廷招安，便可撺掇鲁智深、杨志投降了。日后但是去边上，一刀一枪，博得个封妻荫子，久后青史上留一个好名，也不枉了为人一世。我自百无一能，虽有忠心，不能得进步。"武松血溅鸳鸯楼，一口气杀了十五个人，加上飞云浦的四个，还有前面杀的西门庆、潘金莲，蜈蚣岭上，又杀了道童和道士，二十多条人命在身，这个杀人不眨眼的汉子已经没有退路。到了二龙山，不难想象，杀人劫货更是家常便饭，宋江却还要鼓励他，说他"前程万里"，让他不要死心踏地做强盗，将来还有机会，而且是大机会。真是"若要官，杀人放火受招安"。宋江还要武松去做鲁智深、杨志的工作，看来，在宋江的眼里，武松的觉悟比鲁智深、杨志要略高一些。浔阳江楼之题反诗，更是莫名其妙：

宋江题"反诗"的浔阳楼

自幼曾攻经史，长成亦有权谋。

恰如猛虎卧荒丘，潜伏爪牙忍受。

不幸刺文双颊，那堪配在江州。

他年若得报冤仇，血染浔阳江口。

心在山东身在吴，飘蓬江海漫嗟吁。

他时若遂凌云志，敢笑黄巢不丈夫！

宋江的仇人是谁呢？婆惜已经变作无头的鬼，张文远和阎婆已经被宋江用银子安抚好，并没有死死地缠他。宋江还有什么仇人呢？实在是令人难解。刚才还不肯落草，不做"不忠不孝之人"的宋江忽然想起他的远大抱负，连黄巢都不在眼里了。这不是十分奇怪吗？但是，我们从小说的结构上去考虑，就会觉得一点也不奇怪了。大家想，《水浒传》里，有一百单八将，他们的上山，不能都像林冲、鲁智深、武松、杨志、宋江那么复杂，如果都那么曲折，那一部书写一千回都写不完。于是，便有了宋江题反诗的情节。宋江题反诗不要紧，人家就要把他抓起来，判他的死罪，要杀他的头。于是，就有劫法场的大场面。劫法场是大关目，一下子就牵涉很多的人，一下子就有一大群好汉跟着上了梁山。这在结构上是很重要的。但是，宋江思想变化的脉络就照顾得不那么细致了。这里遇到的是人物描写和结构安排的矛盾，作者没有处理好，造成了人物性格的不自然。

宋江的难以理解，有多方面的原因，这里只是本人的一点并不高明的意见。

《金瓶梅》《红楼梦》中的"美人之死"

潘建国

33

　　明代小说《金瓶梅》自第六十一回至六十五回，集中描写了李瓶儿之死，而清代小说《红楼梦》则从第十回至十五回，同样以五回文字描写了秦可卿之死，两部古代小说名著，不约而同、不惜篇幅地叙述"美人之死"，实在引人注目。不仅如此，两次"美人之死"的情节设置也颇为近似，其主要事件包括：死前寻医访药、亲友探望、美人嘱托后事，死后搜求名贵棺木、亲友吊唁、僧道举行法事以及最后殊为隆重的出殡仪式。这一主干情节的近似，当然不足为怪，因为它们都遵循着古代中国社会常见的丧葬程序而展开，但两部小说在某些细节上的"雷同"，却又耐人寻味。

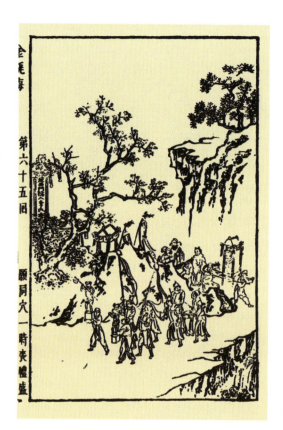

"李瓶儿出殡"（明崇祯刊本《金瓶梅》第 65 回插图）

34 　　譬如寻医问药一节。《金瓶梅》第六十一回下半回，专写西门庆为李瓶儿请医诊治，先请任医官，开了"归脾汤"，李瓶儿"乘热而吃下去，其血越流之不止"，赶忙又去请"大街口胡太医"，取药吃后"如石沉大海一般"，不见效果；这时，伙计韩道国推荐"东门外住的一个看妇人科的赵太医"，西门庆立刻遣人去请，稍后，亲家乔大户来探望，又举荐"县门前住的行医何老人"，西门庆急忙叫玳安拿了拜贴去请，何老人诊脉之后，正欲开药诊治，赵太医也到了，西门庆就令两位医生会诊。有意思的是，这位赵太医简直就是一个戏曲舞台上插科打诨的丑角，其出场时有一段冗长的自报家门，自称"在下小子，家居东门外头条胡同二郎庙三转桥四眼井住的，有名赵捣鬼便是"，"只会卖杖摇铃，那有真材实料。行医不按良方，看脉全凭嘴调。撮药治病无能，下手取积儿妙。头疼须用绳箍，害眼全凭艾醮。心疼定敢刀剜，耳聋宜将针套。得钱一味胡医，图利不图见效。寻我的少吉多凶，到人家有哭无笑"。把脉诊治之际，他也是一派胡言，最后开了一付含有巴豆、烧酒的虎狼之药了事，可谓写尽江湖庸医之丑态。

《红楼梦》第十一回"金寡妇贪利权受辱，张太医论病细穷源"下半回，也专写贾珍夫妇四处为秦可卿聘请名医，小说先借尤夫人之口云："如今且说媳妇这病，你到那里寻一个好大夫来与他瞧瞧要紧，可别耽误了。现今咱们家走的这群大夫，那里要得！一个个都是听着人的口气儿，人怎么说，他也添几句文话儿说一遍。可倒殷勤的很，三四个人一日轮着倒有四五遍来看脉。他们大家商量着立个方子，吃了也不见效，倒弄得一日换四五遍衣裳，坐起来见大夫，其实于病人无益。"又借贴身婆子之口道："如今我们家里现有几位太医老爷瞧着呢，都不能的当真切的这么说。有一位说是喜，有一位说是病，这位说不相干，那位说怕冬至，总没有个准话儿。"乃用侧笔，间接地写出了遭遇庸医的无奈。最后请来了冯紫英举荐的名医"张友士"，望闻问切，尚颇见医术，只是生死由天，终究难以妙手回春。

再如搜求上等棺木一节。《金瓶梅》第六十二回叙西门庆听从花子油和吴月娘的建议，要为李瓶儿提前预备一副棺木，命陈经济和贲四拿了银子去访购，后得乔大户推荐："尚举人家有一副好板，原是尚举人父亲，在四川成都府做推官时带来，预备他老夫人的，两副桃花洞，他使了一副，只剩下这一副"，议价银高达三百二十两，

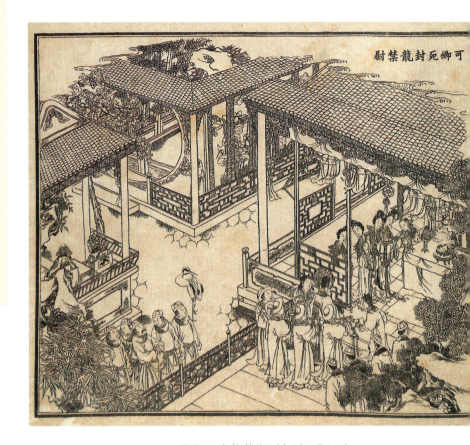

可卿死封龙禁尉

民国石印本《红楼梦写真》"秦可卿之死"

西门庆闻听立即买下，果是好板，锯开后"里面喷香"，赢得应伯爵一阵赞叹："嫂子嫁哥一场，今日暗受这副材板勾了。"至第六十四回，薛内相前来吊唁，提出想"瞧瞧娘子的棺木儿"，小说作者饶有兴趣地写道：

> 西门庆即令左右把两边帐子撩起，薛内相进去观看了一遍，极口称赞道："好付板儿！请问多少价买的？"西门庆道："也是舍亲的一付板，学生回了他的来了。"应伯爵道："请老公公试估估，那里地道甚么名色？"薛内相仔细看了："此板不是建昌，是付镇远。"伯爵道："就是镇远，也值不多。"薛内相道："最高者必定是杨宣榆。"伯爵道："杨宣榆单薄短小，怎么看的过此板？还在杨宣榆之上，名唤做桃花洞，在于湖广武陵川中。昔日唐渔父入此洞中，曾见秦时毛女，在此避兵，是个人迹罕到之处。此板七尺多长，四寸厚，二尺五宽，还看一半亲家分上，要了三百七十两银子哩！公公，你不曾看见，解开喷鼻香的，里外俱有花色。"薛内相道："是娘子这等大福，才享用了这板，俺每内官家到明日死了，还没有这等发送哩。"

37

这段绘声绘色的文字，不仅极好地渲染了李瓶儿棺木的名贵与难得，也不啻是一篇介绍明代棺椁材质的专文，足以广见闻，资考证。

无独有偶，《红楼梦》第十三回也有一段贾珍为秦可卿寻访棺木的文字：

> 贾珍见父亲不管，亦发恣意奢华。看板时，几副杉木板皆不中用。可巧薛蟠来吊问，因见贾珍寻好板，便说道："我们木

店里有一副板，叫作什么樯木，出在潢海铁网山上，作了棺材，万年不坏。这还是当年先父带来，原系义忠亲王老千岁要的，因他坏了事，就不曾拿去。现在还封在店内，也没有人出价敢买。你若要，就抬来使罢。"贾珍听说，喜之不尽，即命人抬来。大家看时，只见帮底皆厚八寸，纹若槟榔，味若檀麝，以手扣之，玎珰如金玉。大家都奇异称赞。贾珍笑问："价值几何？"薛蟠笑道："拿一千两银子来，只怕也没处买去。什么价不价，赏他们几两工钱就是了。"贾珍听说，忙谢不尽，即命解锯糊漆。

为死去的亲人寻一副好棺木，令其尽享哀荣，以此表达生者的悲伤与眷念，这本来也是人之常情，但曹雪芹如此写来，实另有深意。而《红楼梦》与《金瓶梅》在描写"美人之死"中呈现出来的相似之处，尤其是寻访棺木一节文字的似曾相识之感，不免使人联想起脂砚斋所谓《红楼梦》"深得《金瓶》壶奥"（甲戌本第十三回眉批）的说法，并由此获得更为感性之认识。

虽然《金瓶梅》与《红楼梦》皆以五回篇幅叙述了类似的"美人之死"情节，但两次"美人之死"的文本阅读感受，却存在很大不同。探究原因，则在于细节裁剪运用的不同，而其背后乃蕴含着小说家艺术趣味的差异。

《金瓶梅》向被视作一部关于 16 世纪中国民间社会的百科全书，它以西门家族为中心，极为细致地描摹了形形色色的市井生活图景，不时流露出小说作者对于"日常知识"的某种偏好甚至迷恋。检阅李瓶儿之死，大部分的篇幅用于描写各种民俗信仰活动和丧葬礼仪细节：在李瓶儿弥留之际，有真武庙外"黄先生"算卦（第六十一回末）、五岳观潘道士来家驱鬼解禳（第六十二回）；至李瓶儿去世

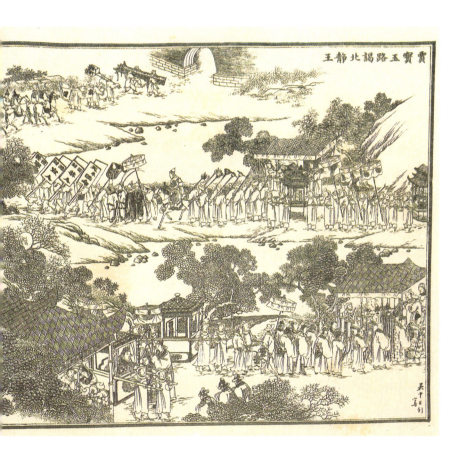

民国石印本《红楼梦写真》"秦可卿出殡"

之后，则按着丧礼程序逐一展开，主要写及：吴月娘等人为李瓶儿穿戴亡衣、徐先生查看黑书卜定葬期（以上第六十二回）；画师韩先儿"传神"、仵作"小殓"、搭丧棚布置灵堂、大殓装棺、首七报恩寺僧做道场、乔亲家吊祭听读祝文（第一次）、胡府尹吊唁、观演戏文（以上第六十三回）；薛内相吊唁并赏看棺木、刘公公吊唁、观唱道情、众官员祭奠听读祝文（第二次）（以上第六十四回）；二七玉皇庙吴道官吊唁、砖厂工部主事黄老爹吊唁、三七请永福寺僧做法事、吴月娘等人灵前"观偶戏"、四七请宝庆寺喇嘛做法事、十月十二日"发引"、吴道官念祭文（第三次）、出殡入土（以上第六十五回）。这几回洋洋洒洒的文字，记录了16世纪一次民间葬礼的全过程，其资料之详尽、现场感之强烈，实非普通笔记野史可以比拟，具有十分重要的民俗文化价值。

其中尤以韩先儿为李瓶儿"传神"一段，最为引人注目。在照相术发明之前的晚明，如何为亡者摄取遗像，大概也是后代读者关心的事情。《金瓶梅》第六十三回，写西门庆请来曾经担任"宣和殿画士"的韩先儿，要为李瓶儿"传画一轴大影，一轴半身"，"早晚看着题念他题儿"。只见"韩先生旁边小童，拿着屏插，袖中取出抹笔颜色来"，韩画师"用手揭起千秋幡，用五轮宝玩，着两点神水，打一观看"，心内明白，"须臾，描染出个半身来，端的：玉貌幽花秀丽，肌肤嫩玉生香，拿与众人瞧，就是一幅美人图儿"。西门庆命人将画稿拿给吴月娘等人观看，潘金莲看了心中嫉妒，说了一番刻薄的嘲讽话，吴月娘、孟玉楼和李娇儿则提出了修改建议：嘴唇略扁了些儿，左边额头略低了些儿，眉角儿还弯些，韩画师"随即取描笔改正了"。西门庆满心欢喜，吩咐："先攒造出半身来，就要挂大影，不误出殡就是了。俱要用大青大绿，珠翠围发冠，大红通神五彩遍地金袍儿，百花裙，衢花绫袄，象牙轴头。"赏给韩画师十两白金，一疋尺头。这幅半身遗像在首七时挂于灵前，"俨然如生时一般"，众人无不夸奖"只少一口气"，西门庆又叮嘱"大影比长还要加工夫些"，并再次厚赏韩画师。可以说，"传神"这一细节，不仅"传"写了李瓶儿遗像，也"传"达出西门庆对李瓶儿的情意，还"传"授给小说读者若干有趣的知识，堪称一箭三雕。

　　与兰陵笑笑生相比，曹雪芹对于丧葬仪式和民俗信仰活动的兴趣，则大为降低，《红楼梦》正面描写秦可卿丧仪细节的笔墨不多，且往往略加交待，不作展开。譬如写到祭奠法事之时，只说"这四十九日，单请一百单八众禅僧在大厅上拜大悲忏，超度前亡后化诸魂，以免亡者之罪；另设一坛于天香楼上，是九十九位全真道士，打四十九日解冤洗业醮。然后停灵于会芳园中，灵前另外五十众高僧、五十众高道，对坛按七作好事"，仿佛报流水账一般。实际上，若论法事规模，宁国府远超过西门家，其场面之浩大和热闹也可想见，但作者无意细说，竟以"亦不消烦记"一笔带过；再如出殡铁槛寺，仪仗华彩，队伍逶迤三四里，但作者也不欲详述，仅云"一时只见宁府大殡浩浩荡荡，压地银山一般从北而至"，寥寥数语便交代过去。如果换了兰陵笑笑生，又不知该如何极尽渲染之能事。

　　由此可知，《红楼梦》作者描写"美人之死"，其趣味和重心，不在铺陈丧礼场景，不在展示民俗文化知识，而在于人，即借助丧礼活动来塑造、突显某些人物，居其首要者自然非王熙凤莫属。小说从她两度探望秦可卿写起，到秦氏托梦，到"毒设相思局"，到"协理宁国府"，再到"弄权铁槛寺"，文本的叙事焦点始终集中在王熙凤的身上，小说家精心裁剪了许多细节，包括言语、动作、神态及心理活动，将一个精明能干、口蜜腹剑、好大喜功、贪图权

八高僧故事图〔局部〕

势的贾府女强人，塑造得栩栩如生，入木三分。脂评云"写秦氏之
丧，却只为凤姐一人"，洵为精辟。此外，贾珍在秦可卿之死中的表
现，也颇为引人注目，小说特意截取了若干细节，写他"哭的泪人
一般"、"说着又哭起来"、"恨不能代秦氏之死"（以上第十三回）、
"过于悲哀，不大进饮食"、"无心茶饭"（以上第十四回）云云，可
谓伤心欲绝；写他不惜重金购求名贵棺木，又因贾蓉只是黄门监，
秦可卿的"灵幡经榜上写时不好看"，临时花费一千二百两银子为

贾蓉捐了个"五品龙禁尉",至出殡铁槛寺,贾珍又"亲自坐车,带了阴阳司吏,往铁槛寺来踏看寄灵所在",可谓尽心竭力,超乎寻常;而与之形成强烈反差的是,作为秦可卿的丈夫贾蓉,却几乎未在这场丧礼中抛头露面,曹雪芹甚至连一个悲泣的镜头也没有给他,这一显一隐,留给了读者无限的暧昧的想象空间。值得一提的人物,还有贾瑞、宝玉、秦钟、智能儿以及北静王"水溶",他们都在秦可卿从病危到死亡的叙述过程中,获得了展开故事的机会,其形象也

王熙凤毒设相思局（清光绪求不负斋石印本《增评全图足本金玉缘》第12回插图）

得到了不同程度的塑造。

　　事实上，尽管兰陵笑笑生偏爱铺陈丧仪细节和展示民俗知识，但《金瓶梅》小说中的李瓶儿之死，也仍然具有写人尤其是写情的功能。作为一个唯利是图、玩弄女性的商人暴发户，西门庆却在李瓶儿之死事件中，出人意料地表现出了颇为可贵的真情，小说家裁剪了若干这方面的细节：李瓶儿病重之后，西门庆三番五次入房探视，千方百计寻医问药，晚上则"就在李瓶儿对面床上，睡了一夜"，两人说了许多贴己话，说到动情处，西门庆心中痛楚，"如刀剜心肝，剑挫身心相似"；潘道士来家驱鬼解禳，临走前特意关照西门庆："今晚官人却忌不可往病人房里去，恐祸及汝身，慎之，慎之！"可他还是不避忌讳，入房相守：

> 那西门庆独自一个，坐在书房内，掌着一枝蜡烛，心中哀恸，口里只长吁气，寻思道："法官戒我休往房里去，我怎生忍得？宁可我死了也罢，须得厮守着，和他说几句话儿。"于是，进入房中，见李瓶儿面朝里睡……西门庆听了，两泪交流，放声大哭道："我的姐姐，你把心来放正着，休要理他！我实指望和你相伴几日，谁知你又抛闪了我去了。宁教我西门庆口眼闭了，倒也没这等割肚牵肠。"那李瓶儿双手搂抱着西门庆脖子，呜呜咽咽，悲哭半日，哭不出声。

当晚李瓶儿去世，西门庆听闻之后：

> 两步做一步，奔到前边，揭起被，但见面容不改，体尚微温，脱然而逝，身上止着一件红绫抹胸儿。这西门庆也不顾的甚么身底下血渍，两只手，抱着他香腮亲着，口口声声，只叫："我的没救的姐姐，有仁义好性儿的姐姐，你怎的闪了我去了？宁可教我西门庆死了罢，我也不久活于世了，平白活着做甚！"在房里离地跳的有三尺高，大放声号哭。

至于丧礼过程中，西门庆茶饭无思，挥金如土，定要厚葬李瓶儿以慰己心，自不必赘述。第六十三回写西门庆与吊唁亲友观看戏文，演的是《韦皋玉箫两世姻缘》，听唱到"今生难会，固此上寄丹青"一句，他"忽然想起李瓶儿病时模样，不觉心中感触起来，止不住眼中泪落，袖中不住取汗巾儿搽拭"。凡此种种，都颇令读者动容。

虽然仆人玳安曾说："为甚俺爹心里疼，不是疼人，是疼钱。"（第六十四回）但平心而论，西门庆对这位"有仁义好性儿"的李瓶儿，确实怀有深厚的感情，他的那些真痛苦和真眼泪，恐怕也不是装演出来的。

有意思的是，好色成癖的西门大官人，在李瓶儿病重之后以及整个丧礼过程中，竟然丝毫不犯色戒，小说文本也十分难得地连续近五回没有出现色情文字，直至丧礼行将结束的第六十五回回末，西门庆私淫李瓶儿房中奶娘如意儿，"色"才重新回到小说文本，这意味着"美人之死"的终结，也是写情的中断。可以说，西门庆的真情流露，以及李瓶儿临终前对贴身丫环迎春、绣春和奶娘如意儿的充满关爱的托付，还有吴月娘的大度仁厚，应伯爵、陈经济、花大

西门庆病榻相守（明崇祯刊本《金瓶梅》第62回插图）

舅、乔大户等人操办丧礼时的尽心尽力，都令"李瓶儿之死"成为《金瓶梅》小说中洋溢着人性温情的段落，而围绕这一事件裁剪铺陈的众多细节，不仅赋予了了《金瓶梅》小说独特的民俗文化价值，也有助于塑造人物形象的"立体""圆形"特性。

众所周知，《金瓶梅》小说的叙事风格，乃所谓"琐碎中有无限烟波"（明袁中道《游居柿录》），故其多铺陈各类细节，也是题中之义。不过，在我看来，作为一部早期的以市井家庭故事为题材的长篇小说，兰陵笑笑生对于细节的掌控，还有不少可议之处：譬如小说先后记录了三次亲友祭奠、听读祝文的细节，并全文刊出了三篇文字大同小异的祭文，这样无节制地求全是否必要？譬如小说连续描写了四次请医诊治，特别是正当西门庆万分焦虑、小说写情也渐趋高潮之际，作者却花费大量篇幅，津津有味地叙述了"赵捣鬼"的滑稽行医过程，这种不合时宜的发噱娱乐是否合理？是否存在某种程度的失控？此外，李瓶儿之死事件前后长达五回，除了薛内相（第六十四回）、砖厂工部主事黄老爹（第六十五回）前来吊唁之时，言及朝野新近发生的若干事情之外，小说的叙事空间几乎全部局限在西门大院之内，其叙事视角也多为西门庆的视角，这是否缺少了应有的变化和调整？总而言之，《金瓶梅》小说的细节处理方式，虽有其独特意义，但也明显流露出不够成熟的痕迹。

反观《红楼梦》则不同，曹雪芹深谙细节掌控的正侧、虚实、详略之法，娓娓写来，不枝不蔓，娴熟精炼，游刃有余。譬如同为多次寻医问药，《红楼梦》仅正面细写"张先生"的把脉诊治过程，其他几次诊治细节，则皆借尤夫人和秦可卿贴身婆子的话语，侧笔带过，是为正侧互补。譬如在曹雪芹笔下，"美人之死"实际上构成小说情节推进的一个动力，而非如《金瓶梅》那样是

西门庆观剧思人（明崇祯刊本
《金瓶梅》第63回插图）

48

文本的主体，因此秦可卿丧礼的操办和展开，乃分解在王熙凤"协
理宁国府"、"弄权铁槛寺"等关目中，得以断断续续地完成；就
连丧仪高潮的出殡活动，《红楼梦》也是虚晃一笔，占据文本中
心的则是王熙凤的权钱交易以及宝玉、秦钟、智能儿之间的旖旎
情事，是为虚实相间。即便是篇幅有限的直接描写丧礼的文字，
曹雪芹感兴趣的也不是程式化的祭奠民俗活动，而是参与其中的
人物，前略后详，详略得当。值得注意的是，小说曾几度颇为奢
侈地罗列了吊丧者的名单，一次是在第十三回贾母、宝玉等人来
到宁国府，看到阖府皆在，小说列出了贾代儒、贾代修、贾赦、贾
政等二十九人的名单；一次是在第十四回出殡之时，小说列出了

包括"六公"在内的长串"官客送殡"名单，并且不厌其烦地标出了他们的官衔；还有一次也是在出殡之时，小说列出了以"四王"为代表的"路祭"名单。对于惜墨如金的曹雪芹来说，罗列上述名单，或旨在显示贾府的地位和声势，为即将到来的元春册封省亲、大观园建造（第十六至十八回）等秦可卿所说的"非常喜事"，预作铺垫，颇有些以哀写荣的味道。此外，"秦可卿之死"的叙事空间和叙事视角，也在不断变换之中：其空间从宁国府到荣国府，从可卿病榻到凤姐居室，从贾府到铁槛寺；其视角则游移于王熙凤、贾珍、贾瑞及宝玉、秦钟之间，成功地构拟出了一个摇曳灵动的文学世界。

最后，我想强调的是，《金瓶梅》《红楼梦》所写"美人之死"的差异，不仅体现了兰陵笑笑生、曹雪芹之小说趣味、艺术风格以及创作水平的不同，也很好地显示了古代长篇小说叙事艺术尤其是细节裁剪运用之法的发展与完善。

不灭的真情：说"宝黛之爱"

李鹏飞

在中国古典小说中，是几乎没有真正爱情的位置的，但《红楼梦》却是个很大的例外。这种说法也许会遭到强烈质疑：六朝志怪、唐人小说、宋元明清的话本与拟话本中，不是经常表现男欢女爱、闺怨相思的内容吗？难道这些都不能算作是爱情？如果按通常的标准来看，这些关乎男女之情的内容，自然都可以算是爱情，但这跟笔者在此所说的"真正的爱情"却不完全是一码事。这里所谓"真正的爱情"，主要不是指现实中的爱情活动，而是指小说在精神与心理的层面上对男女之爱进行细致入微的描写，表现出复杂深刻的情感体验。相对于这一标准而言，古代小说对爱情的表现

1987版电视剧《红楼梦》之共读《西厢》

便绝大部分都显得过于直白浅露、直奔主题，甚至充满了实用主义与情欲至上的色彩，即使以表现爱情而闻名的蒲松龄，他笔下的男性们见到那些美丽多情的狐鬼花妖时，首先想到的便几乎都是要与之发生肌肤之亲与枕席之爱，像《婴宁》中的王子服，邂逅美丽纯真、无忧无虑的婴宁时，便双目灼灼似贼地盯着人家看，还失魂落魄的，表现得很有些急色，后来又害相思，一病几死，等到久别重逢，便立刻亟不可待地向天真无邪的婴宁要求枕席之爱。我们自然不是说小说就不能这样来表现男女之情，应该说，这也是生活真实的一部分，甚至很可能就代表着中国古代男性普遍的心态。但是如果小说普遍地如此来表现爱情，那这爱情岂不是也显得过于单调、过于浅薄、也过于没有美感与层次感了吗？是不是也忽略了生活的另外一些内容、甚至是更重要的内容呢？然而，多亏有了《红楼梦》，中国古代小说便有了对于真正爱情的真正出色的描写，让我们在面对那些把爱情表现得无比美丽动人的西方（比如俄国）古典小说时，还不至于太问心有愧。

《红楼梦》所表现的爱情的核心内容便是贯穿始终的宝黛之爱。对于宝黛之爱的曲折过程与深厚内涵已经有了太多的论说，这里都不再重复了，而主要从一些侧面来认识曹雪芹对于爱情这一人类最美好情感的深刻体认与高超表现。

宝黛之爱在小说中最重要的表现形式乃是带有超验色彩的神话——神瑛侍者与绛珠仙草的故事：为了报答灵河岸边、三生石畔神瑛侍者日以甘露灌溉之恩，绛珠仙子便追随他来到人间，打算以毕生的眼泪相还。这一奇特的故事向来被视为宝黛之爱宿命性的基础与前提。因为这一基础在小说的开头便已经奠定了，因此自始至终，神瑛与绛珠的故事便一直跟宝黛的爱情故事交相辉

诉肺腑心迷活宝玉（光绪
十五年上海石印本《增评
补像全图金玉缘》）

53

映，闪烁着动人的光彩，生发出无穷的意蕴。当人们看到小说描
写现实中的宝玉对黛玉无微不至、生死相依的关爱与呵护时，便
禁不住要想到这个美丽的神话，想到这是一位来自神界的神瑛侍
者在倾心呵护一棵柔弱的、禁不起人间风霜侵袭的小草，便会有
一种莫名的感动。宝玉对花草树木等无情之物的同情体贴，对他
周围那些像花草般美丽柔弱的女性的关爱呵护，不正是神瑛侍者
对绛珠仙草的爱在人世间的延伸？这种爱乃是发自天然的，出自
宝玉的天性，包含着深切的尊重、同情与怜惜，除了要求自我牺牲
与自我付出之外，也是无欲无求的，因此被有的学者称为神性之

爱，宝玉对于纯洁少女的无比尊崇就是这种爱的外在表现。在男女之爱中，除了性爱之外，也会有这种神性之爱的流露，曹雪芹正是强烈地体会到这种神性之爱的存在，便以其特殊的形式来加以表现。在宝黛之爱中，既具有这种不含任何世俗杂质的神性之爱，更有刻骨铭心、缠绵不尽的只针对着"这一个"特定对象的至死不渝的爱，对于这种爱的来由，人们感到一种无可理喻的神秘感，便用宿命论的方式来加以解释。而反过来，当用宿命论的方式来对一种强烈的感情加以解释时，人们同时也就会予以这种感情更加的强化。神瑛与绛珠在灵河岸边、三生石畔的前缘让他们在人间一见面便觉得彼此熟悉，而当他们后来听到贾母说起"不是冤家不聚头"这一句俗语之后，竟好似参禅一般，都不觉潸然泪下，一个在潇湘馆临风洒泪，一个在怡红院对月长吁——当一旦从内心体会到那种宿命感，便证明这种爱情已经发展到了十分深沉的境地。而对宿命感的这一体认，也让他们的爱情以更加猛烈的速度暗中发酵，直至孕育出自我牺牲的毁灭性的力量。而这，与绛珠来到人世以泪报恩的神话结构便完全契合了。当爱到了自我牺牲、自我毁灭、报恩偿债的地步，也就达到了极致的巅峰体验的境地，从而完全超越世俗的情感，遗世而独立，孤独而寂寞，甚至那被爱者也无法彻底理解这种情怀，因此，林黛玉便在她自己的爱中成为真正的"世外仙姝寂寞林"，而贾宝玉也最终怀抱着至死靡他的爱情飘然遁世、寂然独处，他们终究还是成为彼此各不相干的神瑛侍者与绛珠仙子，回到了没有世情牵绊的太虚幻境。

《红楼梦》对宝黛之爱的具体表现真正进入到了人物精神世界的深处，表现出爱情体验的精神特性，从而使古代小说的爱情表现脱离了徒悦容貌与皮肤滥淫的低级趣味，具备了更丰富、更

清费丹旭《黛玉葬花》

具超越性的内涵。宝黛之爱自然也不乏彼此外貌吸引的因素，在宝玉眼中，黛玉也是具备"倾国倾城貌"、"病如西子胜三分"的，但小说并没有对此作太多的渲染，而是以特别浓重的笔墨描写宝玉对黛玉整个精神人格、整个青春生命的尊重与怜爱，描写对黛玉的爱在宝玉内心深处所激发起来的更为深广的爱，描写那真正的爱所激起的深沉的怜悯与忧伤。在小说的第二十七回末尾与二十八回开头，写到了著名的黛玉葬花，黛玉吟咏《葬花词》以自伤自怜，宝玉无意中听到了，尤其是当他听到其中的"侬今葬花人笑痴，他年葬侬知是谁"、"一朝春尽红颜老，花落人亡两不知"等句时，"不觉恸倒山坡之上"，想到"林黛玉的花容月貌，将来亦到无可寻觅之时，宁不心碎肠断！既黛玉终归无可寻觅之时，推之于他人，如宝钗、香菱、袭人等，亦可到无可寻觅之时矣。宝钗等终归无可寻觅之时，则自己又安在哉？且自身尚不知何在何往，则斯处、斯园、斯花、斯柳，又不知当属谁姓矣！因此一而二，二而三，反复推求了去，真不知此时此际欲为何等蠢物，杳无所知，逃大造，出尘网，使可解释这段悲伤"。这一大段，在中国古代小说的爱情描写中乃是绝无仅有的，在此之前，不管是小说还是戏曲，描写女性的绝代姿容在男性心中所引发的感受几乎全部都是意乱情迷与情欲勃兴，几乎没有任何其他的情感体验，这既是单调的，也是不完全真实的。而曹雪芹在此通过宝玉的视角所表现出来的对于黛玉"花容月貌"的情感体验却是全新的，也是令人深受震动的。当真正深挚的爱情来临时，被爱者在爱人心中所激起的大概更多是疼爱与怜惜、温柔与忧伤，甚至还有强烈的痛惜之感，想到所爱者的容颜、青春与生命终将随着岁月的流逝而逝去，岂不令人心碎肠断？宝玉正是从黛玉的自伤自怜，想到黛玉这样一个自己所深爱的人也终将红颜老去、香消玉殒，这岂不是人世间最足令人伤痛之事！再由此进而联想到自己、他人、其他的事物，甚至整个世界都终有消失的那一天，不禁更感到深重的悲伤、更感到天地造化之无情——这正是对生命悲剧底蕴的最深切体认，也是人生最痛苦的一次觉醒。这是最深挚的爱所引起的最深重的痛苦，除非不再生而为人，变成无知无识之物，除非能逃出这世情之网的羁绊、逃出这宇宙造化之外，否则，这痛苦便不会消失。正是对黛玉的挚爱，唤起了宝玉心底的生命意识；正是对黛玉整个生命的痛惜，唤起了他对世间万有的怜悯之心。如果连自己如此深爱着的最宝贵的人都不能在这世上长存，如果连这个世界都有生死幻灭，那么人类所创造的其他一切，又怎能天长地久？其意义又在哪里呢？既然如此，他宝玉又怎么还会对那些世俗的功名利禄产生追逐的兴趣？他对黛玉的爱是跟其他事物的存在、跟整个世界的存在紧密相联的，当没有了这样一种爱，或者失去了那个爱的对象，整个世界也就丧失了存在感，到此时，宝玉除了脱离红尘，还会有别的出路吗？这一点，小说通过第五十七回的"慧紫鹃情辞试忙玉"就已经作了充分的预示。曹雪芹正是在存在的根底处把握到了宝黛之爱最深刻的内涵，并予以了十分出色的表现，这样的描写即使是置于整个世界爱情文学的历史中，也是令人赞叹的。而且，这样的爱情描写，也是古代文学中爱情价值观念的一个重要变化，在公认的一些爱情戏（如《西厢记》）中，也未尝没有表现对女性之爱所引发的神圣感，但是同时也无不掺杂着猥亵与色情的强烈意味，只有对被爱者的精神、人格和生命都有了尊重的时代，才会发生这种真挚而纯净的神圣之爱。

情中情因情感妹妹〔光绪
十五年上海石印本《增评
补像全图金玉缘》〕

58　　　但作为一部深刻表现现实生活的小说，《红楼梦》也并没有把宝黛之爱表现成没有人间烟火气、没有人情味的空洞的爱，而是充满了现实生活的具体内容。这些具体内容的表现无需在此一一罗列，只要提及少数几个代表性段落就足以让人领略曹雪芹的高超艺术了。比如小说的第三十三回、三十四回写宝玉挨打时以及挨打之后众人的反应，自然是大手笔，而其中特别重要的一笔则是宝玉向黛玉赠送两条旧手帕一段，令黛玉"神魂驰荡"，感情上起了巨大的波澜。宝玉挨打，黛玉背地里哭得两眼都肿了，宝玉躺在床上，行动不便，不能去探望安慰，但心中十分牵挂，便派晴雯以送手帕为由去看黛玉。但送的又不是新手帕，而是两条旧手帕，这一做法的目的宝玉没有说明，而黛玉虽然立即就心领神会，自然也不会说出来，这其中的奥妙让即使聪明过人的晴雯也疑惑不解，也令很多读者感到困惑不已。曹雪芹在叙述这一段落时也采用了颇为含蓄的笔法，如同诗歌中设置一个难懂的意象或者象征物一般，让人颇费猜详。若要勉为其难地去说明这一段落所包含的全部意义，未免会求之过深，甚至南辕北辙，但其大致含义我们还是可以推想到的：对于黛玉的多愁善感与经常伤心垂泪，宝玉一直是深感痛惜的，有一次竟然还忘了情，抬起手来要给黛玉擦泪。而现在宝玉挨了打，黛玉为之痛惜之心自然也不下于宝玉之痛惜黛玉，在这一点上他们都是深深地了解彼此、也能领会彼此深切情意的，但在那个时代，在那样的环境中，这些都只能藏在心里，无法明言。现在宝玉既痛惜黛玉之为己伤痛，又无法亲去安慰，便只得用两方旧手帕暗传情愫——手帕乃是能够用来擦泪之物，今送给黛玉，则为给黛玉擦泪之用无疑，此明宝玉知黛玉为己痛惜之深情也；而此帕既为宝玉之旧物，则自可代表宝玉本人，今黛玉以之擦泪，则正如宝玉亲手为其擦泪也，此表明宝玉对黛玉之疼爱怜惜与无法言明的深沉爱意。黛玉既体会到此一番爱意，岂能不"神魂驰荡"、"五内沸然炙起"？她当即走笔在两方手帕上题了三首诗，都是跟洒泪与擦泪有关的内容，在一定程度上也揭示了宝玉所打的这一个哑谜的谜底。我们看到，曹雪芹在此表现宝黛之心灵相通，仍然是侧重表现两人在精神上对彼此爱情的深刻体认，表现出两个同样具备丰富心灵与灵心慧性的人物的爱情心理，表面上含蓄不露的文字，却暗含着深切感人的强烈激情。这样高超的表现手法，岂是一般凡庸俗手所能望其项背的？

59

不灭的真情：说「宝黛之爱」

见土仪颦卿思故里（光绪
十五年上海石印本《增评
补像全图金玉缘》）

60　　　曹雪芹既善于通过一些重要的关口、重大的事件来表现宝黛之
爱的山高海深、坚贞不渝，也很善于通过日常生活的平凡琐事来表现
宝黛之爱的温馨与动人。应该说，这后一方面乃是需要更高技巧的，
但同时也正是曹雪芹这位艺术大师所最为擅长的。小说第六十七回
"见土仪颦卿思故里"（这一回有重大版本差异，这里以程甲本为准，
程本应该更接近曹雪芹原稿的面貌，具体理由这里无法详述）这一部
分，就是通过平凡小事来表现宝玉对黛玉精神情感的深入理解与无
微不至的关怀，令人受到深深的感动，这也是古代小说中表现真挚爱
情的极为温馨的文字。这一回写薛蟠从江南归来，给妹妹宝钗带回

一大箱子各类礼物，宝钗打点分送给园中各姊妹以及宝玉等人，众人都收下礼物、表示谢意。唯有黛玉看见她家乡之物，反触物伤情，想起父母双亡，又无兄弟，寄居亲戚家中，哪里有人也给她带些土物？便不觉的又伤起心来了。紫鹃正从旁委婉解劝，这时宝玉来了，看到黛玉如此，就知道黛玉看到家乡的土物心中伤感，便故意说些玩话取笑黛玉，以分其心。宝玉说话的口气与方式，是一个体谅的兄长对待相知很深的小妹妹般的方式，因为深知其心曲，怕她伤心，故曲意劝慰。见黛玉依然流泪，宝玉又走过去挨着黛玉坐下，将那些东西一件一件拿起来摆弄着细瞧，故意问这问那，一味地将些没要紧的话来厮混。黛玉见宝玉如此，自己心里倒过不去，便提议去看宝钗。宝玉巴不得黛玉出去散散闷，解了悲痛，便道："宝姐姐送咱们东西，咱们原该谢谢去。"黛玉道："自家姊妹，这倒不必。只是到他那边，薛大哥回来了，必然告诉他些南边的古迹儿，我去听听，只当回了家乡一趟的。"说着，眼圈儿又红了。宝玉便站着等他。黛玉只得同他出来，往宝钗那里去了。这一大段文字十分细腻地写出了孤苦伶仃、多愁善感的黛玉对故乡的思念，令人产生深深的同情，而更令人感动的则是宝玉对黛玉这种无比真挚的关怀和体贴所体现出来的爱的温暖。宝、黛二人从童年时期就已经发生的爱的共鸣让他们彼此相知已极深，尤其是宝玉，对黛玉的百般怜爱让他对其内心的每一丝悸动都能时时关切、准确体察，并立刻加以抚慰，可以说是真正做到了设身处地、无微不至的地步。而且宝玉的每一句话、每一个举动，都显得那样自然，那么真诚，没有一丝勉强，仿佛他所面对的乃是另外一个自己，而黛玉自然也是立即就领会了宝玉这番关爱体贴之意。他们彼此之间的默契，也是相爱相知已深的自然流露。曹雪芹用他的如椽巨笔，加以细入毫芒的精确描绘，让这样的日常生活场景也包含

61

着深厚的爱的力量与浸润人心的温馨情意。

可以说，无论从哪个方面来看，宝黛之爱都是中国古代文学中最深沉、最真挚也最凄美的爱的诗篇，它以其最纯粹、最忧伤也最热烈的气质打动了历代无数读者的心灵，让人们在充满世俗卑微情感的生活中感受到真正伟大的爱的洗礼。只要时间不会停止，世界不会毁灭，这爱的星辰就会永远在天宇中闪耀。

红楼人生五大事

马瑞芳

　　有人调查，20 世纪后半个世纪，明清小说研究论文百分之九十集中于《三国演义》《水浒传》《西游记》《金瓶梅》《聊斋志异》《红楼梦》《儒林外史》七部名著，总共发表论文 17315 篇，其中《红楼梦》研究的 8756 篇，也就是说，七部名著研究论文中，每两篇就有一篇研究《红楼梦》，真是"一部红楼，半壁江山"。这不成比例的研究恰好说明《红楼梦》无愧于"盖世之作"。而这还仅仅是对学术研究的调查。如果对中等以上文化的读者做调查，恐怕不应该调查多少人读过多少遍《红楼梦》，而应该调查谁居然没有读过《红楼梦》。

清孙温绘本《红楼梦》大观园全景

　　就像全世界每一分钟都有人听贝多芬乐曲一样，全世界每一分钟也有人看《红楼梦》。凡有华人的地方，就有《红楼梦》。没有华人的地方，人们借助二十多种外文译本看《红楼梦》。贝多芬的"命运"年年岁岁拨动人们的心弦，宝黛命运则世世代代牵动人们的情思。

　　在许多中国学者眼里，《红楼梦》简直成了西方人眼中的《圣经》。蒋和森先生1992年在扬州国际红学会上说：中国可以没有万里长城，却不可以没有《红楼梦》。周汝昌先生给外国驻中国大使馆人员讲《红楼梦》时说：欧洲学者认为，《红楼梦》是欧洲文化永远达不到的高度写照。牛津大学已故教授吴世昌说："莎翁（莎士比亚）和曹雪芹在他们的作品中都创造了四百多个人物，但莎翁的人物，分配在三十多个剧本中，而且许多王侯、侍从、男女仆人，性格大致相类；在不同剧本中'跑龙套'的人物原不必有多大的区别。而曹雪芹的四百多个人物，却严密地组织在一个大单位中，各人的面目、性格、身份、语言都不相同，不可互易，也不能弄错。"

《红楼梦》是世界文学之林中非常有影响的名作。博尔赫斯是拉美文学巨匠，他的写作非常贵族化，善于运用幻想手段，很多中国新时期小说家都喜欢学"老博"，而"老博"却学曹雪芹。博尔赫斯曾试图探讨，《红楼梦》是红楼孕育了梦？还是梦孕育了红楼？他认为，《红楼梦》完全以第一回和第五、六回为出发点和终极目标，不仅是幻想小说，而且它"令人绝望"的现实主义描写的唯一目的，就是使神话和梦幻成为可能，变得可信。

那么，《红楼梦》到底写了些什么？

《红楼梦》开头写甄士隐，甄士隐的岳父名叫"封肃"，谐音"风俗"；他住的"仁清巷"，谐音"人情"。封建末世的风俗人情是《红楼梦》的重要内容。《红楼梦》生动细致地描写一个贵族大家庭的吃喝玩乐、生老病死、婚丧礼祭、悲欢离合，绘声绘色地描摹一群贵族男女的诗意享乐，还有"乌眼鸡"般的争斗，又不时地警示高悬在他们头上、昭示着必然覆灭命运的"达摩克勒斯之剑"，反映在小说里，就是一再出现的"盛筵必散"、"树倒猢狲散"、"飞鸟各投林"、"忽喇喇似大厦倾"。几百年来，中外研究家用各种方式解说红楼。我今天换个新角度，借用佛斯特的小说观"人生五大事件"说红楼。

西方著名小说家兼小说理论家佛斯特在《小说面面观》中提出，小说基本面是故事，通常故事中的角色是人。用生活主要事件探察人物是小说家的主要手法。而"所谓的主要事件不是你我个人生活中的事件，而是全人类共有的事件"。"人生主要事件有五：出生、

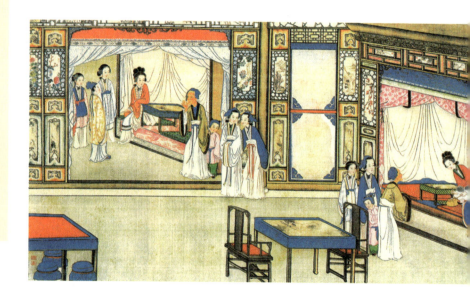

清孙温绘本《红楼梦》刘姥姥进大观园

饮食、睡眠、爱情、死亡"。套用佛斯特的观点看《红楼梦》人生五大事件,小说家曹雪芹的活儿真是做绝了。

优美别致、富有哲理意味的人物出生

贾宝玉前身是赤瑕宫神瑛侍者,凡心偶炽,欲下凡造历幻缘;神瑛侍者每日用甘露灌溉绛珠仙草,仙草受天地精华,修成女体,神瑛侍者下凡,绛珠仙女也下世为人,要用她一生的眼泪还报神瑛侍者的灌溉之恩。神瑛绛珠的优美神话是《红楼梦》男女主角的生命灵根,甘露化泪是宝黛爱情别致的诗意表达。

更有意思的是,宝玉衔着一块驱除邪祟、化凶为吉的通灵玉来到人间。有研究者说:贾宝玉就是石头,石头就是贾宝玉。不对。这是受了"程甲本"误导。石头是担任部分叙事任务的角色,是作者的化身。《红楼梦》长期以《石头记》为书名。关于这块石头,脂砚斋评《石头记》甲戌本说得最清楚。"石兄"是空空道人对青埂峰下顽石的谐称。这块石头哪儿来的?小说写:女娲炼成顽石三万六千五百零一块,用了三万六千五百块,剩了一块未用,弃在青埂峰下。这石头见众石俱得补天,自己不堪入选,自怨自叹,悲号惭愧。以"蠢物"自称的石头向空空道人要求到红尘一游,后变成晶莹宝玉,衔在贾宝玉口中来到人间,记录红尘往事。通灵玉,是无材补天的顽石,是"假宝玉"。这样的构思意味深长。封建社会的基础是皇权。"天"即朝廷、封建政权,皇帝是"天子",读书人为天子效力则成为"补天"之材。不能"补天"就是不能为皇家所用,弃在"青埂峰"下,"青埂"谐音"情根",更违反重理不重情的封建伦理。无材补天,隐含曹雪芹对封建主流意识形态的不合作态度。"石兄"像美国中央情报局的卫星侦察仪；像西方小说中目光穿透人们房顶的"瘸腿的魔鬼"；像能对贾宝玉周围发生的事做出记录、判断、分析、联想的"太史公"；像电影摄影师，录制演员们悲欢离合的表演。"石兄"以第三人称担任着旁观角色，偶尔自称"愚物"，发表点滴评论。在贾宝玉出生上暗藏"石兄"这一巧机关，说明《红楼梦》和其他古代小说不同。"石头叙事"是把思想艺术双刃剑：无材补天的情根之石承载着曹雪芹深邃博大的思想；石头叙事是《红楼梦》对小说叙事方式的重要贡献。

黛玉尚未出世，前身已做足冰雪聪明、死于对爱情渴望的准备。曹雪芹对林黛玉出生的描述像神韵诗，有味外之味：绛珠仙草生在灵河岸上，暗寓绝顶聪明；长在三生石畔，暗寓为爱生生死死；修成绛珠仙子后，终日游于离恨天外，暗寓生活在离情苦绪中；饥则食蜜青果为膳（"蜜青"音谐"秘情"，封建礼法不容许的爱情是她性格的构成要素）；渴则饮灌愁海水为汤（"灌愁"音谐"惯愁"，是林黛玉的个性基调）。曹雪芹把古代才女和古代文学优美女性的品格，从卓文君到李清照，从山鬼到崔莺莺、杜丽娘，汇聚到林黛玉一人身上了。

《红楼梦十二支·第二支·终身误》揭示，贾宝玉的婚姻归宿是与薛宝钗齐眉举案，却终不忘林黛玉。宝钗的美丽曾令宝玉心动神移，宝钗的贤淑在贾府有口皆碑，而贾宝玉为什么选择林黛玉且无怨无悔？因为钗黛为人绝然不同。而为人跟出生有关——林黛玉是"阆苑仙葩"，薛宝钗却有"从胎里带来的一股热毒"。

宝黛出生写得诗情画意，宝钗出生却有反讽意味。《红楼梦》第七回薛宝钗对周瑞家的自述生来带有"那种病"，症状"不过

潇湘馆

喘嗽些"，却"凭你什么名医仙药，从不见一点儿效"。一位专治无名之症的和尚说"这是从胎里带来的一股热毒"，需要配制"冷香丸"治疗：用春夏秋冬白色的牡丹、荷花、芙蓉、梅花花蕊各十二两，春分时晒好，用雨水日雨水、白露日露水、霜降日霜、小雪日雪各十二钱调匀，配蜂蜜、白糖为丸，"盛在旧磁罐内，埋在花根底下。若发了病时，拿出来吃一丸，用十二分黄柏煎汤送下"。

"冷香丸"绝非游戏之笔，随意之笔，炫才之笔，而是妙手天成，是叙事写人的大章法。"热毒"喻违犯真情至性的理性纲常、矫饰巧伪。"冷香丸"象征大自然的纯洁（花蕊全部白色）本真（春夏秋冬雨露霜雪）。倘一个人需要经常用大自然的纯洁、本真治疗、化解，否则就热毒发作，那这个人秉性如何？看宝钗扑蝶机智地嫁祸林黛玉，看宝钗对待金钏儿之死的残酷，看宝钗对尤三姐之死表现得连薛蟠都不如，就可以体味到热毒发作时表现的人性之恶。

《红楼梦》巧妙隽永地描写人物出世，这在古今中外小说名著中绝无仅有。

70　　多彩多姿、一笔数用的饮食

《红楼梦》可算古代贵族之家的"食谱食经"。它不像《水浒传》粗疏地大块吃肉、大碗喝酒，也不像《金瓶梅》琐屑重复而乏诗意，它的饮食描写是故事发展、人物性格、文化世态不可或缺的有机组成部分。举几个小例子：

林黛玉进府第一顿饭，贾母正面独坐，黛玉和迎春三姐妹旁陪，李纨捧饭，凤姐安箸，王夫人进羹。"旁边丫鬟执着拂尘、漱盂、巾帕，李、凤二人立于案旁布让，外间伺候之媳妇丫鬟虽多，却连一声咳嗽

碧山深处绝纤埃，面面轩窗
对此闲毂，两个逗茶事
好鼎汤初沸，有明来
嘉靖辛卯山中茶事方盛
陆子傅过访遂汲泉煮
而品之真一段佳话也
　　　　徵明製

明文徵明《品茶图》

不闻"。什么叫诗书礼乐之家的礼数？什么叫宗法社会宝塔尖的气派？一顿饭，写得活灵活现。

史太君宴大观园，金鸳鸯宣牙牌令，凤姐的茄鲞难倒后世多少名厨，因为那是文学化的菜。大观园一顿螃蟹宴够庄稼人过一年，被思想家津津乐道。刘姥姥"吃个老母猪不抬头"，引出人笑人殊、花团锦簇的场面。"槛外人"妙玉对贾母待茶不卑不亢，却"仍将"自用绿玉斗为宝二爷斟茶，无意间泄出深藏春光。刘姥姥连大观园的甬路都不肯走，偏偏扎手舞脚、酒屁满室醉卧"凤凰"宝二爷床上……大观园彩色雕塑般的人物群像，通过宴会、待茶，一个一个跃然纸上。

什么叫"安富尊荣"？什么叫"豪华靡费"？请看贾府的玉粒金莼：

吃菜？有暹猪、龙猪、汤羊、风羊；糟鹅掌、糟鸭信、烧野鸡、炸鹌鹑；牛乳蒸羊羔，风干果子狸；牛舌鹿筋狍子肉，熊掌海参鳢鳇鱼……用掐丝戗金五彩大盒子或十锦攒心盒子，送到贾母指定的，或者可以临水闻笛或者可以凭栏赏雪的地方，摆在小楠木案或大团圆圆桌上，放上乌木三镶银箸……

喝酒？有金谷酒、屠苏酒、惠泉酒、合欢花浸的酒、西洋葡萄酒……用乌银洋錾自斟壶、十锦珐琅杯或黄杨根整抠大套杯捧上来……

喝汤？有火腿鲜笋汤、酸笋鸡皮汤、"磨牙"的小荷叶小莲蓬汤……

用饭？有松瓤鹅油卷、螃蟹馅小饺子，上用银丝挂面、御田胭脂米、绿畦香稻粳米，碧糯、碧粳粥就着野鸡瓜齑；还有甜点：枣泥馅山药糕、桂花糖蒸新粟粉糕、奶油炸小面果、奶油松瓤卷酥、琼酥金脍内造（皇宫）点心……

山珍海味吃腻了？来点五香大头菜、油盐炒枸杞芽儿、东府豆腐皮包子……

饭后茶？有枫露茶、六安茶、老君眉、普洱茶、女儿茶、杏仁茶，用海棠花式雕漆填金云龙献寿小茶盘、脱胎填白盖碗端上来……

鹿肉宴、螃蟹宴、仲秋宴、元宵宴、怡红夜宴……美食美器美章法，是宴会，是诗会，更是人情集纳，吃出盎然情趣，吃出灿烂文化，吃出性格命运！

《红楼梦》是世界文学中无与伦比的宴席宝典。不是夸张：即使将俄罗斯三大长篇小说家（托尔斯泰、陀斯妥耶夫斯基、屠格涅夫）全部作品的饮食描写加一起，也无法和《红楼梦》比。存在决定意识，"宴不过三"的煎牛扒罗宋汤式俄国大菜，怎能比得了百碟千盏的满汉全席？

奇思迭出、睿智蕴藉的人物睡眠

贾宝玉走进林黛玉午睡的潇湘馆，凤尾森森，龙吟细细，一缕幽香伴随林黛玉"每日家情思睡昏昏"的感叹从帘内飘出。

薛宝钗走进贾宝玉午睡的怡红院，"仙鹤在芭蕉叶下睡着了"，袭人守侍宝玉绣兜肚，身旁放着白犀尘。袭人不失时机地外出，宝钗身不由己坐在袭人位上绣鸳鸯戏水，好像已坐上宝二奶宝座。煞风景的是贾宝玉在梦中喊骂起来："和尚道士的话如何信得？什么是金玉姻缘？我偏说是木石姻缘！"薛宝钗"不觉怔了"。宝姑娘是气恼？是尴尬？是无奈？是装愚？曹雪芹给读者留下想象空间。

宝黛之眠表面是寻常睡眠，实际是雕镂个性的圣手铁笔。勒

潇湘馆内部陈设

内·基那尔在《浪漫的谎言和小说的真实》中说：小说人物常有"觊觎"他者的愿望，林黛玉就是一个深受他者欲望和文学种子影响的形象，她身上集中了文学女性形象特别是杜丽娘和崔莺莺的痴情聪慧、多愁善感，但黛玉比杜、崔的感情表达内敛，且因为内敛分外优雅，她不得不维持大家闺秀绿竹般的清高，但她对宝玉的心思却通过"情思睡昏昏"的梦话破土而出。

至于贾宝玉梦游太虚幻境，从秦可卿卧室的香艳描写，到贾宝玉梦境的奇幻笔墨；从宛如大将布阵、堪称小说总纲的《新制红楼梦十二曲》，到丝丝入扣的梦幻心理；无一不绝，无一不精。与红楼之梦相比，西方文学"爱丽思梦游仙境"只是儿童读物。可惜弗洛伊德没以《红楼梦》为主要素材写《梦的解析》，否则他不会得出"梦是愿望的达成"这一过于简单的结论。

荡气回肠、如诗如画的爱情

不是佛殿相逢、一见钟情，不是金榜题名、洞房花烛，不是人约黄昏、逾墙相从，不是春风一度、即别东西；不是魂魄相从、起死回生……曹雪芹对古代小说陈陈相因的写法大声说"不"！对千人一腔、万人一面的爱情描写高傲漠视，他用艺术实践说明：爱情不仅是爱情，爱是要成为一个人，大写的人，诗意的人。他让宝玉发出"女儿是水做的骨肉，男人是泥做的骨肉"的宣言；他为宝玉创造"意淫"（即体贴）专用词；他定下黛玉"情情"，宝玉"情不情"的基调；他将黛玉一次次"还泪"其实是二人感情发展娓娓道来，如山阴道上行，美不胜收。

宝黛爱情从前世情定到少小无猜，从互相试探到情投意合，黛玉泪尽夭亡，宝玉悬崖撒手。宝玉讨厌仕途经济、国贼禄鬼、文死谏武死战，林姑娘从不说这样的混帐话，这是宝黛爱情的思想基石；越爱越吵、越吵越爱，"越大越成了孩子"是宝黛爱情的特殊表达方式；葬花吟、柳絮词、题绢诗……是宝黛爱河的浪花。

　　什么样的人有什么样的爱，什么样的爱造就什么样的人。林黛玉和薛宝钗都爱贾宝玉，也都想改造贾宝玉。围绕贾宝玉，两个聪明的姑娘显示着各自的聪明。林黛玉情重愈斟情，用满腹深情观察考验着、也体贴挚爱着贾宝玉，把碧晶晶的珠泪洒在飘落的桃花、摇曳的绿竹、晴雯传递的旧帕上；薛宝钗深思愈熟虑，用全副心思琢磨包围着、也关心依恋着贾宝玉，把沉甸甸的金锁挂到脖子上，把贾妃所赐、与宝玉相同的香麝串勒在丰满的胳膊上。黛玉觅求浪漫的心灵契合，宝钗追求现实的婚姻形式。木石前盟和金玉良缘盘根错节，互为陪衬。宝玉的爱情是他内心深处的呼唤和选择，宝玉的婚姻却不是他自己的事，而是贾府大事，最后成了护官符上"贾不假，白玉为堂金作马"和"丰年好大雪，珍珠如土金如铁"的联盟。

　　宝黛爱情是《红楼梦》永不磨灭的魅力之所在。宝钗参与进来，不是小人拨乱其间，不完全是第三者插足，但只要宝黛相聚，她就神差鬼使般到来。宝玉对宝钗并非全不动心，黛玉对宝玉也曾很不放心，对"金玉"有椎心之痛的林姑娘，纯真善良的林姑娘，偏偏要跟宝钗"金兰契互剖金兰语"。三个人周旋，像雾里看花。更耐人寻味的是，贾宝玉追求林黛玉并为薛宝钗暗恋的同时，对十二金钗个个以香花供养之，精心呵护之，爱博而心劳，是个自觉而坚定执著的女权主义者。查查东西方所有写爱情小说的名家巨匠，哪个人物有贾宝玉这样大的造化？

清孙温绘本《红楼梦》插图

面面生风、寓意深刻的死亡

"昨日黄土陇头送白骨，今宵红灯帐底卧鸳鸯"。林黛玉泪尽而逝，贾宝玉奉命娶薛宝钗为妻，"终不忘世外仙姝寂寞林"，像脂评提供的线索，"落叶萧萧，寒烟漠漠"，对景悼颦儿，尽管有宝钗为妻、麝月为婢，仍义无反顾遁入空门。虽然我们无缘看到曹雪芹写黛玉之死和宝玉出家，但晴雯之死可看作黛玉之死的预演：深文周纳的罪名罗织，撕心裂肺的死别场面，"远师楚人"的泣血祭文，"群芳之蕊，冰鲛之縠，沁芳之泉，枫露之茗"至纯至净的祭品，《芙蓉女儿诔》"自为红绡帐里，公子情深；始信黄土垄中，女儿命薄"和《好了歌解》"黄土陇头送白骨"句遥相呼应；晴雯是黛玉的影子，祭晴雯实祭黛玉，可以推测，曹雪芹笔下林姑娘之死肯定感天动地。

《红楼梦》次要人物秦可卿之死，更是跟《聊斋志异》金和尚之死、《金瓶梅》李瓶儿之死，成为古典小说人物之死鼎足而三的范例。

一场公爹儿媳通奸导致死亡的丑事成为小说家驰骋艺术才思的大手笔，正如柳湘莲说的，宁国府"除了那两个石头狮子干净，只怕连猫儿狗儿都不干净"。贾府族长贾珍是焦大所说的"每日家偷狗戏鸡"的"畜牲"。"秦可卿淫丧天香楼"本是曹雪芹描写贾府纨绔的重头戏，后来曹雪芹应畸笏叟要求删去，变成不写之写：贾珍如丧考妣，"恨不能代秦氏之死"，不成体统；尤氏托辞犯病撂治丧挑子；瑞珠触柱而死，宝珠为秦氏披麻戴孝；对秦氏之死贾府上上下下都有些疑心……写得扑朔迷离。秦可卿托梦预言贾

清孙温绘本《红楼梦》插图

府命运；王熙凤协理宁国府，巾帼不让须眉，却又受贿三千两害死两条人命，暗伏贾府被抄之因；贾珍恣意奢华，给秦可卿用亲王棺木，贾蓉捐五品龙禁尉却写"天朝诰授贾门秦氏恭人（四品）"灵位；"白漫漫人来人往，花簇簇官去官来"，"压地银山般"送丧队伍和六国公路祭；……写丧事，写出人物，写出风俗，写出人生百态，写出泼天富贵下深藏的危机，就像一幅《清明上河图》。

红楼人物的人生五件大事，伴随春花秋月、夏雨冬雪，在"钟鸣鼎食"的荣国府、"天上人间诸景备"的大观园徐徐铺开，就像某些诗化的章名："潇湘馆春困发幽情"，"秋爽斋偶结海棠社"，"玻璃世界白雪红梅"，仙乐飘飘暗里听。曹雪芹以他对人生的烛照洞见，用独特洗炼的文笔，从单调平凡的日常生活中，捕捉炫目的人性光环，表现博大的道德关怀，既有磅礴气势又有柔情蜜意，不断给读者以阅读惊喜。红楼人物特别是宝玉、黛玉、宝钗、湘云、探春、妙玉等，满怀激情地感应着大自然。在《红楼梦》中，自然和人物谐合无间，文化和人物天衣无缝。从来没有一部小说能够像《红楼梦》这样，把人物的生命历程与大自然融合成如此千锤百炼、清晰旖旎的笔墨，读者在品味人物的同时，似乎还做了一次大自然及古典园林的朝圣之旅。

《金瓶梅》和《水浒传》的血缘关系

马瑞芳

《水浒传》跟《金瓶梅》什么关系？老子和儿子的关系。**81**

《金瓶梅》是将《水浒传》一段情节挖出，补缀、推演、丰富、异化，写成的新小说。《金瓶梅》原本是长在《水浒传》上的寄生蟹。没想到，越长越旺，越长越大，越长越肥，不仅脱离母体，还跟母体分庭抗礼。

幸亏那时还没出版法，没有制裁文抄公的法律，《金瓶梅》的作者——"兰陵笑笑生"的署名从何时有值得讨论——才能把武松杀嫂的情节从《水浒传》明火执仗偷出来，把《水浒传》若干章节换汤不换药搬到自己书里。他算得上"天下第一文抄公"，他对《水浒传》采取"拿来主义"，任意抄录、改写、重装，组合到《金

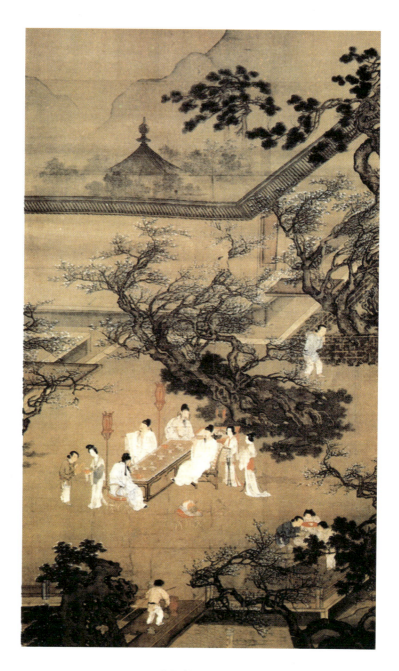

明仇英《春宴桃李园》

瓶梅》中。这位文学神偷"鼓上蚤"，对《水浒传》无所不偷。有的是几回几回的偷，有的是整段整段的偷，有的是偷来水浒命意重作文章，有的是偷来水浒人物再放光彩。

那么，中国小说中第一神偷从《水浒传》偷了些什么？人们常说"偷来的锣鼓打不得"，《金瓶梅》作者如何能将偷来的锣鼓敲了个震天响？

《金瓶梅》的作者如何从《水浒传》偷窃，现在可以说成考察《金瓶梅词话》受《水浒传》哪些影响，表现为以下数种情况。

狗尾续貂

最有代表性的是《金瓶梅词话》第八十四回"吴月娘大闹碧霞宫　宋公明义释清风寨"。这一回的主要内容是：西门庆死后，吴月娘到泰山烧香，先拜碧霞宫女神，再到碧霞宫道观休息，受到恶少调戏，险被污辱。后被王矮虎掠到山上，要其做押寨夫人，为宋江所救。不管是女神形象，还是吴月娘几乎被辱、做押寨夫人，甚至迫害吴月娘者的结局，都是从《水浒传》移花接木。

吴月娘看到的碧霞宫娘娘，原文照抄宋江看到的九天玄女："头绾九龙飞凤髻　身穿金缕绛绡衣。蓝田玉带曳长裙，白玉圭璋擎彩袖。脸如莲萼，天然眉目映云鬟，唇似金朱，自在规模瑞雪体。犹如王母安瑶池，却似嫦娥离（居）月殿。正大仙容描不就，威严形象画难成。"宋江梦中看到九天玄女，见于《水浒传》第四十二回"还道村受三卷天书　宋公明遇九天玄女"。眼睛一眨，老母鸡变鸭，九天玄女变成碧霞宫娘娘，两处描写仅一字不同，即《金瓶梅》是嫦娥"离"月殿，《水浒传》是嫦娥"居"月殿。

吴月娘拜祭碧霞宫娘娘后，接着发生的两件事，都改写自《水浒》。

第一件事是吴月娘险些被污辱，改写自林冲娘子险些受辱：

碧霞宫道士石伯才设计，安排知州高廉的小舅子殷天锡奸污前来烧香的吴月娘。吴月娘坚决抗拒，被吴大舅救出。整个过程甚至吴月娘喊的"清平世界，拦烧香妇女在此做甚么！"都和陆谦设计帮高衙内骗林冲娘子如出一辙，事见《水浒传》第七回"花和尚倒拔垂杨柳 豹子头误入白虎堂"。

第二件事是吴月娘被王矮虎掠上清风山，为宋江所救，改写自《水浒传》第三十二回"武行者醉打孔

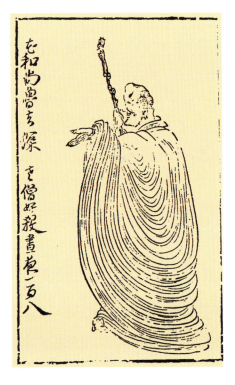

陈洪绶《水浒叶子》"花和尚鲁智深"

84

亮 锦毛虎义释宋江"。在《水浒传》里，王矮虎掠清风寨知寨刘高之妻上山，想让她做押寨夫人，宋江因刘高是好友花荣的同僚救了她。《金瓶梅词话》的情节和对话几乎跟《水浒传》一模一样，只不过刘夫人名字改成吴月娘。八十四回还提到设计奸污吴月娘的殷天锡后来为李逵所杀，则是节录《水浒传》第五十二回"李逵打死殷天锡 柴进失陷高唐州"情节。

《金瓶梅词话》第八十四回对于整部小说有什么意义？有哪些出彩处？简直没有。全文删除也不影响这部小说，给人的印象是：《金瓶梅词话》作者要给小说凑一百回回数，自个儿写不出来，就拿《水

浒传》来编排凑数。

东施效颦

《金瓶梅词话》第二十六回"来旺儿递解徐州　宋惠莲含羞自缢",说的是西门庆为了霸占宋惠莲,设计先将假银子交给宋惠莲丈夫来旺儿做生意,接着诱使来旺儿夜晚到花园"捉贼",诬赖来旺儿用假银换真钱,将其扭送官府治罪。西门庆诬陷来旺儿的操作方法、过程、结果,都是模仿《水浒传》张都监陷害武松,事见《水浒传》第三十回"施恩三入死囚牢　武松大闹飞云浦"。在《金瓶梅词话》里,是吴月娘的丫鬟玉萧大叫"一个贼往花园中去了",将来旺儿引入花园,然后由西门庆家人将他捆住。在《水浒传》里,是武松原本对其有好感的侍女玉兰慌慌张张地对武松说"一个贼奔入后花园里去了",然后由张都监的侍卫将武松绊倒捆住。按照《金瓶梅》人物鲜明的个性,有西门庆的刁滑、来旺儿的愚鲁、宋惠莲的矫情,完全可构思出属于自己的精彩程度不亚于张都监赚武松的情节,何必拘泥于《水浒》?《金瓶梅词话》的作者太懒惰了。

因风吹火

《金瓶梅词话》第十回写到,李瓶儿原是梁中书的小妾,因为李逵在翠云楼杀了其全家老小,梁中书和夫人各自逃生。李瓶儿拐带大量财富到东京投亲。梁中书逃亡故事来自《水浒传》第六十六回"时迁火烧翠云楼　吴用智取大名府"。李瓶儿在《水浒传》中根本就属子虚乌有。《金瓶梅词话》借《水浒传》大贪官梁中书逃亡挟带出李瓶儿,使得李瓶儿能以富婆身份出现。因风吹火,相当聪明。

借鸡生蛋

由《水浒传》武松杀嫂敷衍成更详尽的西门庆潘金莲艳事,是

陈洪绶《水浒叶子》"小旋风柴进"

86　　《金瓶梅词话》的作者借《水浒传》这只"老母鸡"生出了一只松花鸭蛋。

　　《金瓶梅词话》整块从《水浒传》切割了四回，即：

　　第二十二回，"横海郡柴进留客　景阳岗武松打虎"；

　　第二十三回，"王婆贪贿说风情　郓哥不忿闹茶肆"；

　　第二十四回，"王婆计啜西门庆　淫妇药鸩武大郎"；

　　第二十五回，"偷骨殖何九送丧　供人头武二设祭"。

　　这四回是《水浒传》"武十回"的前半部。"武十回"即描写武松的十回，是《水浒传》的重要章节。按美国学者浦安迪的观点，《水浒传》是"撞球式结构"，某人的故事像球一样滚动、发展，撞击到下一个球，此人的故事暂停，下一人的故事开始。武松的"球"是给宋江的"球"撞出来的：《水浒传》第二十二回宋江杀了阎婆惜，跟弟弟宋清避难到柴进庄园，宋江在廊下误踩了病中武松烤火用的铁锹，武松险些打了宋江，柴进向武二郎介绍了"及时雨"，武松纳头便拜。宋江引出了武松，作者就暂时放下宋江，开始写武二郎传奇。而西门庆和潘金莲私通，是武松杀嫂并最终逼上梁山的诱因。

《金瓶梅词话》把《水浒传》四回衍化成前十回和第八十七回：

第一回"景阳岗武松打虎 潘金莲嫌夫卖风月"；

第二回"西门庆帘下遇金莲 王婆子贪贿说风情"；

第三回"王婆定十件挨光计 西门庆茶房戏金莲"；

第四回"淫妇背武大偷奸 郓哥不愤闹茶肆"；

第五回"郓哥帮捉骂王婆 淫妇药鸩武大郎"；

第六回"西门庆买嘱何九 王婆打酒遇大雨"；

第七回"薛嫂儿说娶孟玉楼 杨姑娘气骂张四舅"；

第八回"潘金莲永夜盼西门庆 烧夫灵和尚听淫声"；

第九回"西门庆计娶潘金莲 武都头误打李外传"；

第十回"武二充配孟州道 妻妾宴赏芙蓉亭"；

第八十七回"王婆子贪财受报 武都头杀嫂祭兄"。

《金瓶梅词话》前十回好像是在照抄《水浒传》。武松打虎、武松跟武大郎见面，潘金莲见了武松后想三想四，武松决然搬离兄长家，王婆贪贿说风情，西门庆跟潘金莲勾搭成奸，郓哥带武大郎捉奸，王婆出主意毒杀武大郎……但是从《水浒传》的四回（实际是二回半）写成长达十回，总得增加些自己的东西，《金瓶梅词话》增加了哪些东西呢？

——西门庆和潘金莲各自的复杂来历和曲折历史。

仇　英《人物画》

——王婆和西门庆、潘金莲之间的琐碎对话和心理活动。

——西门庆和潘金莲比《水浒传》更香艳细致的调情通奸过程。

——西门庆和潘金莲偷情同时如何把孟玉楼娶回家。

——改变了原来水浒中某些人物定位，如忤作何九。在《水浒传》中，何九有正义感又老谋深算，他给武大郎验尸时假装中恶，避免当场表态，却机智地偷出武大郎酥黑的骨殖，和西门庆行贿的银子放在一起，写上年月日，给武松查清武大郎被杀真相提供了关键证据。在《金瓶梅词话》中，何九贪财、世故，受西门庆钱财，替西门庆消灾，在武松最需要他时逃走了，给武松弄清武大郎被杀案制造了最重要的障碍。《水浒传》中的何九到《金瓶梅词话》中变节，出于两方面需要。一方面，说明社会黑暗、道德沦丧侵及到普通百姓；另一方面，没了何九帮助，武松就没法明正言顺、酣畅淋漓地复仇，结果误杀了李外传，被刺配千里之外，使西门庆和潘金莲的故事能继续下去。

——增加了某些似乎相当次要的人物，如李外传和迎儿。李外传是西门庆的替死鬼。武松找西门庆报仇，他跑去给西门庆报信，代替西门庆死到武松手里，从而构成武松被流放、西门庆却逍遥法外的情势。迎儿是武大郎前妻所生，出场时十二岁，受后母潘金莲虐待。武大郎死后迎儿又成了潘金莲的丫鬟兼出气包。潘金莲嫁入西门家，将迎儿留给王婆照管，这是第九回的事。到第八十七回，武松遇赦返乡，迎儿十九岁，该出嫁的年龄。武松就棍打狗，以看顾迎儿为理由，拿迎娶潘金莲为诱饵，将依然迷恋武松、利令智昏的潘金莲骗回家杀掉。

李外传和迎儿似乎次要，却对从《水浒传》到《金瓶梅词话》的转型起到转向作用。因为这两个人物出现，《水浒传》英雄武松的个性给改变了。《水浒传》打虎将有过人的精明，武松杀嫂先审后杀，有证人，有记录人，井井有条，滴水不漏。斗杀西门庆目标明确，心无旁骛，眼明手快，干净利落。他怎么可能在寻找西门庆报仇时抓了芝麻放过西瓜？怎么可能跟李外传纠缠放跑西门庆？这合理吗？《金瓶梅词话》的作者偏偏这么写，也必须这样写。西门庆和潘金莲如果死了，他们的故事还乍往下写呢？《金瓶梅词话》的作者又不是蒲松龄，不乐意做鬼文章，只能让本该做鬼的西门庆和潘金莲再做几年人。迎儿似乎多余，却起到伏线千里之外的作用。迎儿露面时十二岁，武松遇赦返乡时她十九岁，这七年中，《金瓶梅词话》独创的"西门庆传"写完了，潘金莲被吴月娘发卖，到王婆家待嫁，被武松杀掉，迎儿成为武松将潘金莲骗回来的借口。只不过，这里的武松已不是《水浒传》英雄武松，而是《金瓶梅词话》创造的"善机变"人物。倘若是《水浒传》中铮铮铁骨、坦坦荡荡的英雄武松，岂能冒叔娶嫂恶名，即使仅仅是借口？！

其实，《金瓶梅词话》的作者一落笔，就试图跟《水浒传》从基本立意上区别开来。按文学史家的观点，《水浒传》始终围绕一条红线——官逼民反、民不得不反——写故事和人物。社会黑恶势力，包括教坏良家妇女的王婆和诱奸良家妇女的西门庆，逼迫武松杀人，杀人结果是武松被发配，最后上梁山。《金瓶梅词话》的初衷却是打算借西门庆和潘金莲的惨烈风月故事来醒世。

《金瓶梅词话》第一回开头就用一段词来说教："丈夫只手把吴钩，欲斩万人头。如何铁石，打成心性，却为花柔？请看项籍并刘季，一似使人愁。只因撞着，虞姬戚氏，豪杰都休。"

《金瓶梅词话》讲述项羽和刘邦因"情色"带来人生不幸，根本就是扭曲，是指鹿为马。不管项羽还是刘邦——特别是盖世英雄项

91

仇 英《金谷园》

羽——跟女人的关系，都不是他们人生失败的原因，而仅仅是点缀。开国皇帝刘邦的人生更不能说是失败。《金瓶梅词话》接着说自己这本书是干什么用？非常奇怪，这本众人眼中的"淫书"居然想劝世、想教育男人远离女色："如今这一本书，乃虎中美女，后引出一个风情故事来。一个好色的妇女因与了破落户相通，日日追欢，朝朝迷恋，后不免尸横刀下，命染黄泉，永不得着绮穿罗，再不能施朱傅粉。静而思之，着甚来由。况这妇人，他死有甚事！贪他的断送了堂堂六尺之躯，爱他的丢了泼天哄产业，惊了东平府，大闹了清河县。"

从这段话可以推测，《金瓶梅》的作者创作之初原本有两条计

文徵明《漪澜小景》

划：第一，他打算用潘金莲诱使西门庆断送前程和性命的故事谴责好色的妇女。这跟曹雪芹对待妇女态度完全不同。曹雪芹借贾宝玉的嘴说"女儿是水做的骨肉，男人是泥做的骨肉"；《金瓶梅》却是持"女色祸水论"。在作者心目中，即便像西门庆这种坏得头顶长疮脚底洗脓的角色，他遭遇不幸，该负责任的却是潘金莲，西门庆简直可以算受害者。第二，《金瓶梅》本来打算只将潘金莲和西门庆情爱故事加以铺排和演义。此时作者想没想到李瓶儿、庞春梅这两人，是否决定小说书名叫《金瓶梅》或《金瓶梅词话》？八字还没一撇呢。写过长篇小说的作家都有这方面的经验：在写作过程中，构思时没

93

想到的人物会一个一个冒出来，事件会一件一件自己跑出来，并不是所有长篇小说家都像曹雪芹，先写它个《红楼梦》第五回，把所有人物的命运匡定下来。《金瓶梅》最初只想演义西门庆和潘金莲两个人的风月故事，这是文本提供的线索，不是笔者向壁虚构。但开弓没了回头箭，故事越写越长，人物越写越多。围绕着西门庆，"金"（潘金莲）、"瓶"（李瓶儿）、"梅"（庞春梅）的故事一步一步完成，《金瓶梅》以及《金瓶梅词话》的书名才出来了，估计"兰陵笑笑生"的署名也是全书完成后才出现的。

崇祯本《新刻绣像批评金瓶梅》写定者应该不是兰陵笑笑生。此人跟兰陵笑笑生语言习惯不太一样，似乎是跟正统文学走得更近的人，多少懂一些吴语的人，写案头阅读更拿手的人。兰陵笑笑生显然更熟悉"说话"，更喜欢民间巧话、小曲俗话，更乐意抄抄其他作家写过的词曲、故事，也更熟悉鲁西南和苏北一带的话。其人即使是大名士，也放荡不羁，喜欢接近下层民众，喜欢在书会才人中摸爬滚打，在酒楼饭庄饮酒划拳，在妓寮娼馆浅斟低唱。两个不同的写定者给我们留下了两本不一样的书。打个不太合适的比喻：《金瓶梅词话》跟《绣像金瓶梅》相比，有点儿像中央电视台青年歌手赛原生态歌者跟职业通俗歌手对垒。现代著名作家施蛰存将词话本和崇祯本做过对比后，认为"拖沓"、"鄙俚"的词话本要比"简净"、"文雅"的崇祯本好，崇祯本"反而把好处改掉了也"。施蛰存显然肯定"原生态"。其实，《金瓶梅词话》肯定已非袁宏道所见《金瓶梅》的原生态。崇祯本写定者对《金瓶梅词话》做了不少改动，删除曲词，改动话语，特别是将第一回重写了。《金瓶梅词话》和《金瓶梅》分别有两种第一回，两种侧重点。《金瓶梅词话》第一回"景阳岗武松打虎　潘金莲嫌夫卖风月"，坚持走

文徵明《云壑观泉图》

《水浒传》老路。崇祯本第一回"西门庆热结十兄弟　武二郎冷遇亲哥嫂",显然想重打锣鼓另开张,隆重推出西门庆。不管崇祯本对《金瓶梅词话》其他擅改有多糟糕,它的第一回改得相当有眼光,将小说"男一号"西门庆隆重推出。

崇祯本第一回在开头有诗词各一首,诗是引用吕洞宾的:"二八佳人体似酥,腰间仗剑斩愚夫。虽然不见人头落,暗里教君骨髓枯。"崇祯本写定者接着说教:"只这酒色财气四件中,唯有'财色'二者更为利害。"世人追逐财色,财色害坏世风,"一朝马死黄金尽,亲者如同陌路人"。这话跟《金瓶梅词话》第一回关于项羽刘邦的启示,可算《金瓶梅》"主题揭示"。标志着《金瓶梅》进一步跟《水浒传》分道扬镳。

大放异彩

《金瓶梅词话》前十回,已不露痕迹地悄悄从《水浒传》江湖豪杰圈走出,渐渐进入市井细民氛围。从第十一回开始,兰陵笑笑生一步一步把"西门庆传"唱响,一步一步把西门家业做大,一步一步把西门庆的触角伸到社会四面八方,从西门一家写及众多家,从市民写到官场,从地方写到朝廷,《金瓶梅词话》跟《水浒传》彻底划清界限,有了真正的自我。

《金瓶梅》的作者可能像张竹坡推测的,是个历经沧桑的人,他最初大概还没有写百回小说的创作计划,只想把武松杀嫂当发面引子,发酵个"情色祸水"大炊饼。没想到,落笔一写,作者丰富的人生经历和社会经验纷纷向《水浒传》叫板,进入小说变成"大宋故事";作者熟悉的芸芸众生纷纷向潘金莲叫板,进入小说变成众多"西门娇娃",越写越有趣,越写越有味儿,越写越长,于是,顶着宋代陈年往事之名的《金瓶梅》,成了鲜活生猛的明代中期市民生活的"满汉全席"。

　　《水浒传》里西门庆和潘金莲这对狗男女，把自己的淫乐建立在他人尸骨上，早就该杀，死了活该。武松杀嫂和大闹狮子楼，何等精彩，何等快意！没想到时隔二百年，《金瓶梅》让西门庆和潘金莲起死回生，又活了七年。这七年，是精彩纷呈的七年。这七年，绘出以西门庆为中心、号称宋代实际是明代社会的风俗画。这个发生在运河旁边的市井故事，堪称明代的《清明上河图》。

西门府的猫儿狗儿

名家讲中国古典小说

马瑞芳

潘金莲称自己的爱猫雪狮子为"雪贼"。猫如其名，贼到极点，成了潘金莲谋杀官哥儿的独门暗器。

雪狮子本是西门府到处跑来跑去的普通猫，跟玳瑁猫、大黑猫一样，经常在李瓶儿房间走跳，跟官哥儿玩耍。第三十四回写到，书童进李瓶儿房间时，"见瓶儿在描金床上，引着玳瑁猫儿和哥儿耍子"。潘金莲正是利用宠物是孩子玩伴的习惯认识，突出奇兵害官哥儿。

雪狮子其实是只很漂亮的猫，浑身白色长毛，只有额头上带龟背一道黑，故名"雪里送炭"。它的毛里能放进一只鸡蛋。

雪狮子是个很挑剔的肉食者，不吃牛肝不吃鱼，只吃鲜肉。潘金莲将鲜肉包在红绸子里，一动一动逗惹它来扑、来吃。潘金莲为什么要把鲜肉包在红绸子里逗猫？因为西门庆的宝贝儿子官哥儿总穿红衣服。潘金莲用红绸包肉让雪狮子扑，像屠岸贾训练恶狗对付赵盾。

条件反射这一伟大科学发明的始作俑者，不应属于俄罗斯的巴甫洛夫，而应属于中国的屠岸贾，小说人物潘金莲将它发扬光大。

官哥儿=晃动的红绸=鲜美的肉，就是潘金莲的驯猫理念。经过潘金莲心机绵密的"特种猫"训练，雪狮子对"红色绸布包肉"情有独钟，关键时刻成了对官哥儿见血封喉的致命暗器。

有一天，穿红衫的官哥儿在床上手舞足蹈，窥伺已久的潘金莲悄悄将雪狮子放进李瓶儿的房间。雪狮子看到床上有团红绸子动来动去，哇！好大一块肉！猛地向官哥儿扑了上去。官哥儿玩得正好，突然给只大胖猫扑到身上，皮肤抓破，"呱"地一声抽风，口吐白沫……

西门庆看到宝贝儿子抽搐不已，听说雪狮子惹祸，三尸暴跳，立即寻到潘金莲房中，找到肇事猫，提着脚走向穿廊，望石台上一摔，雪狮子脑浆迸裂，一命归西。不久，一再被潘金莲吓出惊风病的官哥儿也一命归西。可怜的小男孩仅仅活了一岁零两个月。

潘金莲作任何恶，毫无内疚之心，毫无悔恨之意，雪狮子吓坏官哥儿，她死不认账。吴月娘找她追查猫挝官哥儿事，她巧言申辩，倒咬李瓶儿的丫鬟一口。西门庆到她的房间捉雪狮子，她"坐在炕上风纹也不动"，既不劝阻也不解释。如此阴险狠毒、残忍到向婴儿下手的恶妇，活该被武松开膛挖心，看看她的黑心是怎么长的？

雪狮子死了，成了潘金莲的替罪猫。三个世纪后，英国出现风

仇 英《人物画》

摩世界的《福尔摩斯探案》，最著名的故事叫《巴斯克威尔猎犬》，写阴谋家为争夺遗产，训练猎犬作案。采用的手段跟潘金莲如出一辙：利用条件反射训练猛犬扑杀遗产继承者。福尔摩斯破获了此案。潘金莲利用雪狮子虐杀官哥儿，始终没破案。因为，愚笨的吴月娘、怯弱的李瓶儿无法破此案，色欲熏心的西门庆不想破此案。

作为中国古代第一部人情小说，《金瓶梅》写人写事写情时，似乎不经意地写到各种猫儿狗儿，仔细推敲则发现，写猫儿狗儿居然是人情小说的重要章法之一，这是兰陵笑笑生对人情小说艺术手法多样性的重要贡献。

潘金莲是窈窕靓女，雪狮子是肥胖白猫，潘金莲居然楞是把雪狮子变成自己肢体和欲望的延伸！不能不承认，恶毒荡妇潘金莲聪明过人。她无师自通动用猫儿狗儿奇兵，一举除掉官哥儿和李瓶儿两个心腹大患。雪狮子作案，其实是潘金莲长期观察、琢磨如何利用西门府猫儿狗儿的"最终成果"。我们略作梳理。

其一，潘金莲早就发现雪狮子有"扑挃"爱好。

潘金莲在跟其他女人争宠过程中，无所不用其极，只要能讨好西门庆，什么下作手段她都接受，都敢用。第五十一回，西门庆吃了胡僧给的春药，先跟王六儿淫乱一番，回到家又命潘金莲给"品箫"。潘金莲一边埋怨"你怎的不教李瓶儿替你咂来"，一边"掩映于纱帐之内"干这航脏事。这对狗男女干的事连动物都觉得奇怪，"不想旁边蹲着一个白狮子猫，看见动旦，不知当做甚物件儿，扑向前，用爪儿来挃。这西门庆在上，又将手中拿的洒金老鸦扇儿，只顾引斗它耍子。被妇人夺过扇子来，把猫尽力打了一扇靶子，打出帐外去了"。

这只白狮子猫，就是后来谋杀官哥的"主犯"雪狮子。它是潘金莲心爱的宠物，当西门庆不来时，潘金莲搂着它睡觉。会不会雪狮子扑挝西门庆的"那活儿"，激发了潘金莲利用雪狮子扑杀官哥儿的"灵感"？很有可能。猫儿扑成年人，可能造成皮肤伤害，扑婴儿，则在皮肤伤害之外造成致命惊风。猫儿狗儿可以在任何时候进入任何房间、面对任何人，是"突袭"最佳资源！猫儿狗儿既是一般人很难想到的"杀手"，又极难在其作案后查清来龙去脉。因为，不是人人都是福尔摩斯。潘金莲后来确实是这样做的。她在最恰当的时机，最恰当的地点，用最恰当的人选——准确说是"猫造"——拔去眼中钉肉中刺，滴水不漏地作案杀人，再逍遥法外。从小说技法上看，白狮子猫挝正搞淫乱活动的西门庆，是潘金莲利用雪狮子扑杀官哥儿的伏线和预演。

其二，潘金莲早就发现官哥儿特别怕猫狗惊吓。

潘金莲不断向西门庆献媚的同时，还跟西门庆女婿陈敬济勾勾搭搭。第五十二回，二人正在花园调情，潘金莲用拿着白团扇的手推陈敬济，恰好李瓶儿抱着官哥儿从松墙那儿走来。李瓶儿可能近视眼，竟将潘金莲和陈敬济动手动脚看成是潘金莲扑蝴蝶，叫了声"五妈妈，扑的蝴蝶儿把官哥儿一个耍子"，吓得陈敬济钻进山洞。李瓶儿仍然没看到陈敬济，偏偏要在陈敬济躲藏的山洞边芭蕉丛下跟潘金莲抹骨牌，还让丫鬟取枕席来，把官哥儿放在上边玩耍，叫丫鬟拿壶好茶来，她要跟"五妈妈"一边抹骨牌一边喝茶，一副安营扎寨的样子。陈敬济呆在洞中，随时有露馅可能，潘金莲心急火燎，恰好孟玉楼在卧云亭点手把李瓶儿叫走。李瓶儿对潘金莲没有任何提防，撇下孩子叫潘金莲看着就走了。潘金莲此时哪有心管孩子？马上跑进山洞通知陈敬济逃跑，陈敬济偏偏拉住潘金莲求欢，潘金莲将看护婴儿官哥儿的任务早丢在九霄云外。

见娇娘敬济消魂（清佚名《金瓶梅》插图）

卧云亭上的吴月娘听说潘金莲在看官哥儿，立即调派孟玉楼"你去替他看看罢"。吴月娘比李瓶儿有心，知道潘金莲对官哥儿没存好心，怕她暗中给官哥儿亏吃。李瓶儿恍然大悟，说"三娘，累你，亦发抱了他来罢"。孟玉楼和丫鬟小玉来到芭蕉丛下，哪儿有潘金莲的影子？倒有只大黑猫蹲在官哥儿身边，把官哥儿吓得登手登脚大哭。孟玉楼说："他五娘哪里去了？耶乐耶乐，把孩子丢在这里，吃猫唬着他了。"潘金莲连忙从山洞钻出来，谎称刚才在山洞净手，"那里有猫来唬了他？白眉赤眼的！"孟玉楼只顾把孩子抱走，不跟潘金莲理论有没有猫。按简单思维，这事很容易搞清，孟玉楼看到猫，而猫在潘金莲出洞前跑了。潘金莲一口咬定没有猫，跟孟玉楼一起来的小玉却也看到了猫。孟玉楼走，丫鬟小玉也抱枕席跟着走，"金莲恐怕他学舌，随屁股也跟了来"。怕哪个"学舌"？怕小玉告诉吴月娘。

当孟玉楼向月娘汇报，潘金莲去净手，"一只大黑猫蹲在孩子头跟前"，潘金莲连忙反驳："三姐，你怎的恁白眉赤眼的，那里讨个猫来！他想必饿了，要奶吃哭，就赖起人来。"潘金莲以狠毒泼辣闻名，小玉如何惹得起？怎敢给孟玉楼做旁证？她一声不敢吭。得饶人处且饶人的孟玉楼也不再追究。于是，潘金莲玩忽职守让官哥儿被黑猫吓病，变成孟玉楼"白眉赤眼"虚构了一只猫。

孟玉楼是潘金莲最好的朋友，二人无话不谈，在西门府其他女人眼中，她们是同盟，狼狈为奸，李桂姐就对李娇儿的丫鬟说潘孟二人像一对狐狸。潘金莲为了洗清责任，竟说孟玉楼造谣！翻脸不认人，该出手时就出手，需要对谁出手就对谁出手。西门府内没有永远的同盟，只有永远的利益。

黑猫将官哥儿吓得不吃奶了，这等于给潘金莲一个启示：黑猫仅仅盯住官哥儿看看，就吓得他不吃奶，如果进一步惊吓呢？

其三，潘金莲将踩狗屎倒霉事变成吓唬官哥的"际遇"。

官哥儿胆小，并不是小说作者故意让他胆小，而是因为这个年龄的孩子都胆小。传统说法婴儿魂灵还没完全归位，惊吓后易"掉魂"、惊风。婴儿睡梦中吓醒，惊吓程度尤重。潘金莲观察到这现象，故意在官哥儿晚上睡觉时打秋菊。她打秋菊还拿"狗屎"大做文章，这个情节，成为许多古代文学作品选选录的经典章节。

西门庆生日，早晨请任医官给官哥儿看病，晚上西门庆住到李瓶儿房里。潘金莲已吃一肚子醋。晚上喝得大醉，回房时黑影中踩了一脚狗屎。登时大怒，"拿大棍把那狗没高低只顾打，打的怪叫起来"。此时的潘金莲还是为心疼新鞋打狗，可能打一会儿就回去睡觉。没想到李瓶儿派丫鬟来求情：官哥儿刚吃了药睡下，求五娘休打狗吧。潘金莲听了，"半日没言语"。她在思考什么? 兰陵笑笑生没写，但潘金莲此后的行动说明她思考的是什么：原来你的宝贝儿子官哥儿怕响声，那我就把响声搞得尽可能的大、尽可能时间长! 潘金莲把狗打了一回，放出去了，似乎给李瓶儿面子了。其实不然，她要搞个惊吓官哥儿的二重唱。她把秋菊叫来，骂秋菊："是你这奴才的野汉子? 你不发他出去，叫它遍地撒屎，把我恁双新鞋儿……踩了恁一鞋帮子屎。"潘金莲过去惩罚秋菊，让她顶着石头跪着，或叫春梅打，这次，潘金莲自己动手打。因为，顶着石头跪着没声音，吓不到官哥儿。春梅打几下就罢，也吓不到官哥儿。潘金莲自己打，就可以按吓官哥儿的需要打。她先用沾了狗屎的鞋打，后用马鞭子打，"打的这丫头杀猪也似叫"，果然把官哥儿吓得"一双眼儿只是往上吊吊的"。

经过潘金莲数次惊吓，官哥儿居然度过周岁，眼看有长大成人的希望，潘金莲破釜沉舟，使出雪狮子，害死官哥儿。

106

仇　英《人物画》

官哥儿事件跟猫儿狗儿关系密切，其实西门府的猫儿狗儿一直夹杂在西门府男男女女的人事纠纷中。

有时，猫儿狗儿会成为身份财宝的象征。西门庆将李瓶儿娶进门后，应伯爵等要求见新嫂子，玳安去问李瓶儿，回说"免了吧"。应伯爵说，"左右花园中熟径"，他自己就能走进内宅把新嫂子请来。玳安回答："俺家那大猱狮狗，好不厉害，倒没的把应二爹下半截撕下来。"玳安所说的这只狗，是有钱人看家护院的凶狠恶犬，是藏獒？还是进口德国黑贝？可惜小说里没出现它的身影。

有时，猫儿狗儿成了主人淫乱行为的诱因，如潘金莲私通琴童。

西门庆把孟玉楼、潘金莲娶进门，立即喜新厌旧，"梳笼"李桂姐，滞留妓院，把两个新妾丢到家里不闻不问。刚跟西门庆新婚燕

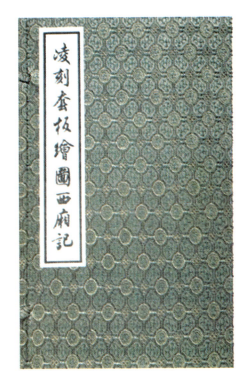

凌刻套板绘图《西厢记》书影

尔的孟玉楼和潘金莲，"两个打扮的粉妆玉琢，皓齿朱唇，无一日不走在大门首倚门而望，等到黄昏时分"，只好失望而归。潘金莲晚来"粲枕孤帏，凤台无伴"，到花园散心，没想到越散心越烦，因为"怪玎瑭猫儿交尾，斗的我芳心迷乱"。她"欲火难禁一丈高"，居然勾引上孟玉楼从杨家带来的小厮琴童——一个刚刚留起头发的男孩。

西门庆死后，潘金莲跟陈敬济通奸被吴月娘发现，臭骂一顿，找薛嫂来发卖潘金莲帮凶春梅。春梅酌酒劝潘金莲"人生在世，且风流一日是一日"，"因见阶下两只犬儿交恋在一处，说道：'畜生尚有如此之乐，何况人而反不如此乎？'"薛嫂看到此情景，说了句："你家好祥瑞，你娘儿每看着怎不解闷。"春梅的话语，恶俗到顶，薛嫂的挖苦，讽刺到家。无怪张竹坡说，《西厢记》是花娇月媚文字，《金瓶梅》是市井文字。

有时，猫儿狗儿是主人淫乱行为的引线，如西门庆私通李瓶儿。

李瓶儿派丫鬟迎春约会西门庆，叫西门庆在酒席上推醉回家，李瓶儿将花子虚打发到妓院留宿，再将西门庆从墙头上接到花家。西门庆推醉到家，脱了衣服就到花园，等李瓶儿那边的消息。"良久，只听得那边赶狗关门"，这说明李瓶儿已将花子虚请出去了，所以关上花家大门。"少顷，只见丫鬟迎春黑影里扒着墙，推叫猫，看见西门庆坐在亭子上，递了话。这西门庆就掇过一张桌凳来踏着，暗暗扒过墙来"。西门庆跟李瓶儿"如胶似漆，盘桓到五更时分，窗外鸡叫"，西门庆整衣而起。张竹坡评："打狗关门，唤猫上墙，鸡叫过墙，妙绝情事。"

《红楼梦》中柳湘莲对贾宝玉说过："你们东府里除了门口那两个石头狮子干净，只怕连猫儿狗儿都不干净。"柳湘莲对国公府的精

浦安迪《明代小说四大奇书》书影

彩点评成为红学家经常引用的妙语。宁国府猫儿狗儿如何不干净？曹雪芹没写，他的"写作辅导员"兰陵笑笑生二百年前却写了。西门庆妻妾成群，西门府猫狗成群。在世界文学范围内，拿宠物做出如此巧妙、繁富、深刻文章的，兰陵笑笑生只此一家，别无分店。

109

认为猫儿狗儿在《金瓶梅》构思和写人上起作用，不是我的发明创造。两个多世纪前，张竹坡就注意到猫儿狗儿在《金瓶梅》中的作用。他认为，官哥儿是花子虚再世，来向李瓶儿讨债，所以当年李瓶儿跟西门庆私通，有打狗关门描写，现在官哥儿被害，有打狗伤人描写。这是"殆夺天工之巧"的对应构思。第五十九回点评："上文一路写官哥小胆，写猫，至此方一笔结出官哥之死，固是十二分精细。……推猫上墙，打狗关门，早为今日打狗伤人，猫惊官哥之因，一丝不差。……前瓶儿打狗唤猫，后金莲打狗养猫，特特照应。"

　　美国普林斯顿大学浦安迪教授也注意到《金瓶梅》里的猫儿狗儿。他的《明代小说四大奇书》将《金瓶梅》猫狗的出现和作用，认真细致梳理，提出警辟见解。他说，"一连串的狗和猫在这部作品的许多章节昂首阔步露面"，在"血腥杀害官哥事件中，潘金莲的猫扮演了阴森可怖的角色"，"第五十三回，一只呔叫的狗惊散了第一次想在花园里做爱成双的潘金莲和陈敬济。之后不久，另一只狗吓坏了一位请来给病情日益恶化的瓶儿治病的医生"。我半开玩笑地对朋友说：浦安迪教授之所以能从中国学者司空见惯的事中瞧出妙门道，可能因为他不受中国传统思维、条条框框熏陶，对文学作品较少"高屋见瓴思想分析"，而注意文本剖析、讲究细节认知吧。

《儒林外史》里的马二现象

李汉秋

现代大文学家胡适、鲁迅、张天翼、何其芳等人，都对《儒林外史》里马二先生形象的成功塑造，评价很高。何其芳认为，古典小说创造的人物形象中，够得上"典型"水平的，没多少个，马二先生算得上一个。这个形象蕴含着深刻的历史性课题，至今仍有现实意义。

一　教育本质被引偏

一出场，马二对举业就有一套贯古通今的宏论：

举业二字是从古及今人人必要做的，就如孔子生在春秋时候，那时用"言扬行举"做官，故孔子只讲得个"言寡尤，行寡悔，禄在其中"，这便是孔子的举业。……到本朝用文章取士，这是极好的法则，就是夫子在而今，也要念文章、做举业，断不讲那"言寡尤，行寡悔"的话。何也？就日日讲究"言寡尤，行寡悔"，那个给你官做？孔子的道也就不行了。

鲁迅称赞这段议论"不特尽揭当时对于学问之见解，且洞见所谓儒者之心肝"（《中国小说史略》）。1942 年，张天翼俏皮地设想，如果马二先生在现代，就会说"就是夫子在而今，也要进小学、进中学、进大学、留洋，断不讲那'言寡尤，行寡悔'的话。何也？就日日讲究'言寡尤，行寡悔'，那个给你官做？孔子的道也就不行了。"（《读〈儒林外史〉》，《文艺杂志》1942 年第 2 卷第 1 期）

马二的宣讲，精辟地道出了选拔功令对知识分子所起的指挥棒的作用，他毫无讳饰地

讲出了老实话：做举业，就是为了做官。只要能做官，朝廷叫做什么样的举业，就做什么样的举业。至于这种举业是否科学、是否合理，那他是根本不去想的。他创造性地把宋真宗的"劝学"诗与当时的八股文章结

清同治本《儒林外史》书影

吴敬梓像

合起来，到处宣传说："书中自有黄金屋，书中自有千钟粟，书中自有颜如玉。而今甚么是书？就是我们的文章选本了。"他说的"文章"就是八股文，他就是专门选每次考试的中式文章，加以批评，作为范文，让考生模仿，功能与现在升学指南、范文讲评之类相近。在他看来，他的八股选本就是官场的入场券，所以他诚心诚意地劝流落杭州的乡村青年匡超人（匡迥、匡二）：

> 你回去奉养父母，总以做举业为主。就是生意不好，奉养不周，也不必介意，总以做文章为主。那害病的父亲，睡在床上，没有东西吃，果然听见你念文章的声气，他心花开了，分明难过也好过，分明那里疼也不疼了。

马二的这些思想究竟错在哪里呢？首先，他把做官看作人生的唯一价值。而按朝廷功令做举业，则是做官的唯一正途。他的人生观、价值观是偏狭的。其次，教育的导向不能太短视、太功利化。教育是百年树人的事业，是提高人的素质的事业，要培养一代一代健全的人，现在我们叫做德、智、体、美全面发展的人，不能都把它变成应试教育、求职教育。在过分功利的导向下，教育就会被扭曲，失去原来的意义，走上不健康的道路。《儒林外史》形象显现的教训，其意义超越它的时代，其范围也超出科举制度。

通过一定的考试制度选拔人才和官吏，这本身是无可非议的。搞得好，相对而言是较公平的。隋唐时出现了科举制度，按科目考试，优者举用为官，这给庶族地主参加政权提供了一些机会。士凭考试成绩可以跻身仕途，这至少在逻辑上肯定了士的知识价值高于贵族的世袭身份，在客观上打破了世族地主对封建政权的绝对垄断。比起魏晋时的门阀制度来，科举制度无疑是历史的进步。科举被称为世界上最早的文官考试制度，延续了一千三百多年。但是历史上出现的制度往往都是有一利必有一弊。利益驱动，是历史前进的杠杆，同时又是许多人格分裂或扭曲的根源。读书、考试与获得地位名利挂上钩，从正面效应说，可以起激励作用；但同时又产生负面效应，使一些人过分追求名利，心理失去平衡，诱发出种种人格堕落。功名富贵的制度，对庸弱的人性形成炼狱般的折磨，这成为一个历史性的难解的悖论，至今犹然。因此，《儒林外史》对此的探索，仍有借鉴意义。

二　敬业诚笃被错用

马二先生是八股制度的虔诚信徒，也真把儒家思想包括立身做人的一些积极因素，融入血液，所以宅心仁厚。他在诚恳教导的同时，还资助萍水相逢的匡二返乡，极其慷慨。匡二说只要借一两银子，他却拿出十倍，连路上御寒衣物、回乡后营生之资都奉送。还携着手，一直送到江船上，看着上了船，才辞别。匡二"接了衣裳、银子，两泪交流道：'蒙先生这般相爱，我匡迥何以为报！'"而他自己却一直清贫自守，即使几十年科场不利也毫无怨言，既不走歪门邪道，也不搞投机取巧，一丝不苟地秉承八股的正宗衣钵，恪守制艺的真正精神。作者对他的针砭具有特殊的重要意义。对于弄虚作假的科场骗子、装腔作势的八股选家，我们还可以把他们视作个人的品性问题，也许他们是借八股以行骗邀名者，对他们的批判不一定就是对八股科举本身的批判。可是马二不同，他是八股科举的正宗代表，针砭了马二就是针砭了八股科举的正宗精神，就是针砭了八股科举

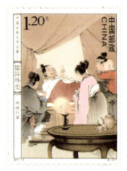

《儒林外史》邮票，上中是"范进中举"，下左是"马二先生游西湖"

制度本身！

明清统治者把科举制度套上八股制艺的僵硬躯壳，初衷不无规范化、标准化的因素，又规定以《四书》《五经》的语句命题，以朱熹在《四书集注》中的注释为立论的根据。这一套把教育内容与选拔人才统一起来的机制煞是厉害！它只准应考者按题阐述经文的义蕴，揣摩孔孟程朱的语气，鹦鹉学舌，结果扼杀创造精神，造成鲁迅说的"八股原是蠢笨的产物"，腐蚀和摧残着一代代文人。本人在批评它时，也严格限定为"八股科举"，而不是笼统地否定科举制度。

八股科举的危害，已为明末清初的进步思想家所识破并广加揭露抨击，可以说八股已失去存在的价值。但马二先生却依然由衷地称赞八股取士"是极好的法则"，过去的岁月已在科场中虚掷，未来的生命仍无保留地交付给八股选政，死心塌地地做八股拜物教虔诚而狂热的传教士，用极严肃的态度对待已失去严肃性的事情，强不美以为美，强不智以为智，拿着一篇八股文，可以摇头晃脑地"讲了许多虚实反正、吞吐含蓄之法"，以为这就是做学问的真谛，以为这就是人生价值的体现。这种不和谐是可笑的，也是可悲的。

他操选政"批文章"（选中式的八股文加以批点评说）极其认真严肃，一丝不苟，"时常一个批语要做半夜，不肯苟且下笔"，既不肯误人子弟，又"不肯自己坏了名"，高度认真负责。所以"三百篇文章要批两个月，催着还要发怒"，不肯为牟利的书商赶时间粗制滥造，不肯为商业利益而放松学术操守，表现了淳儒的诚笃秉性。而由他引入举业的匡超人，没有足够的儒学学养，根性未稳，被商品市场的风气所熏染，成为牟利书商的合伙人，为"趋利"而不讲学术责任心。初学"批文章"，他拿起笔来就"一日搭半夜，总批得七八十篇"。批文老手马二需要两个多月的工作量，这个匡二"屈指六日之内，把三百多篇文章都批完了"。其中还与斗方名士、八股选家鬼混了一天。不过这一天也没白花，他撖拾席间议论选政的一些话，"敷衍起来，做了个序文"，变成自己的见解，用以指导士子。如此剽窃加滥造的作品，居然投合市场胃口，匡二成了畅销书的名家。少年得意的他胡吹自己的作品已有"九十五本"，"小弟的选本，外国都有！"（想当然外国人也要学八股考科举！）"读书的人，家家隆重的是小弟，都在书案上，香火蜡烛，供着'先儒匡子之神位'"。不识趣的老儒当场捅破他的浅薄：已经去世之儒才称"先儒"，健在的你怎能称"先儒"？他红着脸还要强辩，并且忘恩负义地在众人面前肆意贬低于自己恩重如山的恩人、恩师马二。文品是人品的有机部分，当原本孝悌敦睦的乡村青年堕落成文痞时，他也同时全面蜕变为无才缺德的小人：当枪手、造假证、停妻再娶，无所不为。匡二的堕落宣告马二教育理念的破产。马二无私资助、竭诚指引的匡二，结果成了既有害社会、也有损自己的人，这对马二是不小的讽刺。不过匡二也反衬出马二不随浊风俯仰的敦厚拙朴品性。巧人乖人会讥其迂拙，贤人君子会悯其朴厚。

三 审美情趣被窒息

鲁迅特别推许马二先生游西湖能够写出"迂儒之本色"。那么，就让我们跟随马二游西湖的足迹来体悟《儒林外史》讽刺的特色吧。

小说第十四回，马二开始游湖时，作者先把沿湖的美景介绍一番：

> 这西湖乃是天下第一个真山真水的景致！且不说那灵隐的幽深，天竺的清雅，只这出了钱塘门，过圣恩寺，上了苏堤，中间是金沙港，转过去就望见雷峰塔，到了净慈寺，有十多里路，真乃五步一楼，十步一阁。一处是金粉楼台，一处是竹篱茅舍，一处是桃柳争妍，一处是桑麻遍野。

从钱塘门起正是马二先生第一天的游湖路线，至今仍是西湖一日游的主要游程，驰名遐迩的"西湖十景"沿湖相接，美不胜收。作者介绍马二先生所经历的胜境，正是为了与他的感受作鲜明的对照，用审美客体的美，反衬审美主体的腐。

马二先生早就知道"西湖山光水色，颇可以添文思"。这一日，他"独自一人，带了几个钱，步出钱塘门"，大有轻装览胜的闲情逸致。可是他跑了一天，遍历十景，陈腐的心田却唤不起半丝美的涟漪。从"断桥残雪"到"平湖秋月"，在湖光潋滟的白堤上，他不是望着酒店肴馔咽口水，便是看着那一船一船的女客，从她们的服饰辨识她们的贵贱，其他什么湖光山色都"不在意里"。"苏堤春晓"、"六桥烟柳"一带，湖山胜境如画图般展开，游人到此流连忘返，他却觉得"走也走不清，甚是可厌"，急不可耐地问行人："前面可还有好玩的所在？"到了"花港观鱼"，他无心观鱼赏花，却被御书吓得魂不附体。就是"孤峰犹带夕阳红"的"雷峰夕照"，也无法映入他的眼帘。赶到净慈寺，他横着身子冲过妇女的队伍，什么也不敢看。在"南屏晚钟"，他也无心谛听引人遐思的晨钟暮鼓梵呗佛号，忙着不加选择地乱买些杂七杂八的东西填饱肚子，然后

119

120

夏　圭《西湖柳艇图》

"直着脚，跑进清波门，到了下处关门睡了"。

　　山顶观湖与湖岸观湖会有全然不同的感受和意境，马二会有吗？隔天，马二先生游吴山。吴山，"胸前竹石千层起，眼底江湖一望通"，上吴山乃有凌空超越之感，自古就是登高览胜的佳地。在山冈上，马二先生"左边望着钱塘江，明明白白"，"右边又看得见西湖、雷峰一带，湖心亭都望见"，左江右湖都收眼里，眼睛倒没有近视，但吸引他的是什么景象呢？钱塘江上"过江的船，船上有轿子，都看得明白"；"西湖里打鱼船，一个一个，如小鸭子浮在水面"——水天开阔、波光粼粼的钱塘江景，他搜索到的只是贵人乘坐的轿子；堆青泼黛、丰姿绰约的西湖景色，他想象到的只是长大后能吃的小鸭子！但不管怎么说，他毕竟是有所见了，受感染了，于是极力想吟咏两句，搜索枯肠，终于嗫嚅了一句："真乃'载华岳而不重，振河海而不泄，万物载焉！'"——却是从举业必读书《中庸》里找出的写"地"的一句话，简直驴唇不对马嘴！足以看出八股迷头脑的迂腐僵化。

　　审美情趣是同各种复杂的观念和思想联系在一起的。对于个人来说，是长期环境感染和文化教养的结果，是他的文化素养和精神面貌的一种标志。一个人在精神上、感情上、智力上越是发达，审美经验越是丰富，他所感知的自然美越能够唤起各种联想，他的审美感就越丰富、越深刻、越精细；反之，他的审美感就是贫乏的、浅薄的、鄙陋的。八股科举制度是摧残人才的制度，马二先生就是从八股科举的模子里铸造出来的典型产品。由于短视的功利观，他顽固地仇视、排斥一切美的文学，凡是"有些风花雪月的字样"，他就认为会使后生们"坏了心术"，凡是"带词赋气"，他就认为"有碍于圣贤口气"。封建的蒙昧主义窒息了爱美的天性，戕伐了审美的功

121

能，造成人性的严重异化，再美的景色和乐音对马二先生也没有任何美学意义。他或者视而不见，听而不闻，或者只能引起鄙俗猥琐的反应，丝毫也引不起美感愉悦和审美想象。吴敬梓如实地描写马二先生对西湖美景的麻木不仁，把八股迷灵魂的庸陋、精神世界的枯朽，准确地揭示出来，进行严肃的批判和讽刺。

美感实际上包含着审美主体的价值取向。马克思说："焦虑不堪的穷人甚至对最美的景色也没有感觉；珠宝商人所看到的只是商业的价值，而不是珠宝的美和特性：他没有珠宝的感觉。"（《一八四四年经济学——哲学手稿》，《马克思恩格斯论艺术》，人民文学出版社，1960，205页）在吴敬梓看来，只有像王冕、庄绍光、杜少卿、虞博士那样摆脱八股科举的羁绊、淡薄功名富贵的文士，才具有美好的情操，才能够领略七泖湖、玄武湖、清凉山的自然美，并写出清新的写景美文。马二先生则不然，他身处西湖胜境，心里系念的却仍是功名富贵。在"片石居"，他不欣赏花园楼阁，只注意有人在请仙，想道："这是他们请仙判断功名大事？我也进去问一问。"及至听见请的是什么李清照、苏若兰、朱淑真，他想道："这些甚么人？料想不是管功名的了，我不如去罢。"与八股功名无关的人，不管你是什么才女，他

鲁迅《中国小说史略》书影

不但茫无所知，而且压根儿就拒绝理睬。到了丁仙祠，他又想"求个签，问问可有发财机会"，正是怀着发财的欲望，高高兴兴地钻入洪憨仙的圈套。看到书店发卖自己的八股选本，他心花怒放，又是问价格，又是问销路，只是在这时候，他枯寂的心田才掀起"欢喜"的波澜。

四 智能结构被斫伤

吴敬梓不是用论文而是通过形象显现八股科举对人的毒害。写周进、范进那样的八股迷，写足了势利风气和取士制度对寒士的煎迫；写马二呢，则写足了八股选政对士子思维感受能力的斫伤与蔽锢。写"二进"是从外在层面着笔，写马二是从内在角度下手。当朝廷功令变成人内在的至高律令，他便再也不能拓展思维空间了。

八股迷的灵魂拘囿在封建王国。马二的举业宣传渗透着封建的说教，讲的尽是"中了举人、进士，即刻就荣宗耀祖"、"显亲扬名才是大孝"之类的腐臭道理。他的大脑塞满了圣贤的语录，再也没有给自己留下思考的空隙。他批八股文章，"总是采取《语类》《或问》上的精语"——总是跟着朱熹亦步亦趋。他著书就"著《春秋》"，读史就读《纲鉴》。他解释《诗经》，只知道遵照官定的举业读本《永乐大全》。他赞叹风景，只知道引用《中庸》里"载华岳而不重"之类的现成句子，别无语汇。语言是思想的家园，圣贤书把他的语言都限定得僵死了，他哪里还有自己？哪里还有活人的生动情趣？他的脑海再也吹不进一缕春风，唤不起半丝涟漪，任何"有碍于圣贤口气"的东西他都绝对排斥，以防"坏了心术"。就这样，他养就了十足的奴性，成为封建统治者恭顺的奴才。

123

八股世界是蔽锢人的黑暗王国,科场士人成天遨游于三代之上,与人民群众的社会实践相脱离,与革新政治的进步思潮相隔绝,根本不探索物质世界的客观规律,既不接触自然科学,又不学习实际技能,连社会知识也贫乏得可怜,往往成为不通世务迂腐朽拙的"老阿呆"。"马秀才山洞遇神仙"生动反映了八股愚民的恶果,偌大一个海内知名的八股选家,求签、降乩不算,居然还相信自己见到的是能

朱熹《四书集注》书影

活三百多岁的神仙,相信这个洪憨仙有"缩地腾云之法",相信神仙给他的黑煤可以烧出银子,相信神仙有点铁成金之术,心悦诚服地冒充神仙的表弟,充当洪憨仙行骗的工具。联想到 2005 年的实事:有骗子谎称孙中山还活着,居然真有人相信并奉金。可见马二之愚也并非不可能,何况原型人物冯粹中还真有"遇假仙于浙水"的事哩(李汉秋《儒林外史研究》,华东师大出版社,2001,125 页)。

在花港御书楼,蓦然撞见仁宗皇帝的御书时,作者写道:

马二先生吓了一跳,慌忙整一整头巾,理一理宝蓝直裰,在靴桶内拿出一把扇子来当了笏板,恭恭敬敬,朝着楼上扬尘舞

朱熹像

蹈，拜了五拜。

吴敬梓在这里是明显地调侃马二，但还是按梦游的常规只写他的动作，没写的他言语。评点家天目山樵则让他山呼万岁，在评点里调侃地写道，马二念念有辞地说："历考一等案首，臣马纯上见驾，愿吾皇万岁，万岁，万万岁！"（李汉秋《儒林外史汇校汇评本》，上海古籍出版社，1999，187页）

在马二的举动里，由不和谐构成的可笑是多重的：第一，他面对的只是前朝皇帝写的字，并非皇帝本人，而他就像当面朝圣一般跪拜如仪。第二，他是爬不上金銮殿的穷秀才，但却俨然像朝廷大臣一样，整冠带，秉笏板，仿佛真的在面君参拜，扬尘舞蹈。第三，他的官帽不过是又破又旧的秀才头巾，他的官服不过是褴褛不堪

125

的长布衫，他的笏板不过是靴桶里拔出来的一把纸扇。他仿佛是"过家家"的三岁孩童，一本正经地玩着面君的游戏；可事实上他已年过半百，而且是著名选家，他如此诚惶诚恐地行着叩见大礼岂不是神经病！他的姿势是那样僵硬机械、滑稽可笑，具有很强的喜剧性特征；他的动作是那样习惯成自然地熟练，那都是他在潜意识和幻想中演习过多少次而没有机会实践的君臣大礼，此时突然遇到行礼的因由，电击神经，他便如白日做梦一般施行了起来。这正显见功名的渴望已深入骨髓。犹如周进撞号板、范进中举发疯一样，这都是长年郁积的心事的瞬间爆发，在偶然中有必然，看似匪夷所思，实有情理可据，是对人物灵魂最深处隐秘的曝光。"拜毕起来，定一定神"，终于回到了现实，"照旧在茶桌子上坐下"。在幻觉与现实的巨大差异中又包含着多少凄怆和悲哀！

五 正常人性被压抑

八股与理学互为表里，在八股迷的灵魂里不仅弥漫着君臣大义，而且充塞着男女大防。马二先生执拗地不与女性打交道，恪守男女授受不亲的礼教箴规。在吴山，走渴了想喝茶，"见茶铺子里一个油头粉面的女人招呼他吃茶。马二先生别转头来就走，到间壁一个茶室泡了一碗茶"。柏格森说过，"取笑灵活的罪恶难，取笑执拗的德行易"（《笑——论滑稽的意义》，中国戏剧出版社，1980。下引柏格森语均出此书）。马二先生的执拗很富有喜剧性。他独自一个，像清教徒似的穷酸落寞，同众多女客花团锦簇的繁华景象，又形成格格不入的不和谐色调：

那些富贵人家的女客，成群逐队，里里外外，来往不绝，都穿的是锦绣衣服，风吹起来，身上的香一阵阵的扑人鼻子。马二先生身子又长，戴一顶高方巾，一副乌黑的脸，腆着个肚子，穿着一双厚底破靴，横着身子乱跑，只管在人窝子里撞。女人也不看他。他也不看女人……

他既不认识别人，也不认识自己，不合环境而心不在焉，我行我素，颠顶自守，表现出机械而僵硬的喜剧特征。

但吴敬梓伐隐攻微之笔并没有仅仅停留在这一层，他不仅写马二先生不看女人，而且写了马二先生看女人。一到西湖沿，他就看"那一船一船乡下妇女"，而且看得很细："都梳着挑鬟头，也有穿

西湖雷峰塔

蓝的，也有穿青绿衣裳的，年纪小的都穿些红绸单裙子；也有模样生的好些的，都是一个大团白脸，两个大高颧骨。也有许多疤、麻、疥、癫的。"就像用非审美的庸陋眼光观察自然美一样，他又用病理学的浅陋眼光观察游湖女客，两者异曲同工，各逞其妙，对于马二先生的智能结构都是精确的光谱定性分析。只不过走了里把多路，他又看起来，"看见西湖沿上柳阴下系着两只船，那船上女客在那里换衣裳……那些跟从的女客，十几个人，也都换了衣裳"。真不够君子！竟细细地看一个个女客换衣裳。吴敬梓没有写马二先生心底的感情波澜，更没有写他有什么邪念。他毕竟只是迂腐之人，并非口称不近女色却挖空心思接近美色的伪君子。但作者通过客观描写告诉我们：即使是被"天理"压抑的灵魂，"人欲"也不可能完全泯灭。对马二先生来说，"男女"之欲只能是下意识地流露出来。在远处，他不妨仔细端详妇女，及至她们到了跟前，"马二先生低着头走过去，不曾仰视"，他又遵循"存天理灭人欲"的理学箴规"非礼勿视"了。

马二先生的自我抑制，不仅因为在精神上有无形的拘钳，而且因为在物质上也有实际的困窘。他食欲好，食量大，但久困场屋，羞涩的钱囊无法满足胃袋的庞大需求：

> 望着湖沿上接连着几个酒店，挂着透肥的羊肉……滚热的蹄子、海参、槽鸭、鲜鱼……马二先生没有钱买了吃，喉咙里咽唾沫，只得走进一个面店，十六个钱吃了一碗面。肚里不饱，又走到间壁一个茶室吃了一碗茶，买了两个钱处片嚼嚼，倒觉得有些滋味。

以茶充饥，越喝越饥。到了花港，看着"那热汤汤的燕窝、海参，一碗碗在跟前捧过去，马二先生又羡慕了一番"。傍晚到南屏，实在熬不住了，又到茶亭喝一碗茶，看见"柜上摆着许多碟子：橘饼、芝麻糖、粽子、烧饼、处片、黑枣、煮栗子。马二先生每样买了几个钱的，不论好歹，吃了一饱"。山珍海味引得马二先生垂涎三尺，但酒店菜馆他根本无钱问津，不得已求其次，吃点零食，但这又怎能填满他那缺少脂肪的肠胃？每样几个钱的小吃，只能暂时压一压浇不灭的饥火。对西湖风光"全无会心"，对各色食物馋涎欲滴，这本来是很可笑的，但"焦虑不堪的穷人甚至对最美的景色也没有感觉"。在马二先生的可笑里，不是也浸透了无言的辛酸么？如果联系前面他为替蘧公孙销赃解厄而慨然倾囊相助，一下子掏出九十几两银子，我们又不能不从心底油然生出一种敬意。马二先生此时的拮据，正好反衬出彼时的慷慨，这样的"血心为朋友"，确乎颇有"古君子"之风。想到此，我们就再不忍心嘲笑他的酸腐相了。

六　讽刺的生命是真实

　　知名的喜剧性格多是孤立地突出性格的某一基本特征，把它极端化，作为喜剧性的基础，仿佛它就是整个的人，而不再顾及人类复杂万端的七情六欲。莫里哀笔下的吝啬人、伪君子等就是这样成为某一种劣根性的类型化代表。《牡丹亭》里的陈最良，性格颇像马二先生，但却是类型化的形象，他的基本特征就是被封建教条毒害而迂腐僵化，汤显祖把这个特征加以突出、夸张、漫画化。他开口就是"诗云、子曰"，闭口就是《礼记》《孟子》，恪守孟夫子"收其放心"的圣训，顽固地禁绝感情的微澜和美感的引诱，

"从不晓得伤个春，从不曾游个花园"。连替妻子做鞋，也要引经据典，"依《孟子》上样儿，做个'不知足而为履'罢了"，这同吴敬梓所用的准确而客观的白描很不一样。鲁迅认为"讽刺的生命是真实"（《什么是"讽刺"》），强调要按照生活本来的面目再现生活，使讽刺艺术具有广泛的典型意义、社会意义。他要求作家客观冷静地描写现实，让讽刺从场面和情节中自然地流露

汤显祖像

出来，他赞扬《儒林外史》里范进吃虾丸的一段描写，"无一贬词，而情伪毕露，诚微词之妙选"。他认为"讽刺小说是贵在旨微而语婉的"，赞赏"不尚夸张，一味写实"的讽刺。吴敬梓就有这种高超的"自然讽刺"的艺术，其要点正在于如实描写，在充分准确而客观的白描的基础上，他才肯精心构思写出一些特异的举动，即使会有夸张、漫画化的成分，也使它既具有坚实的现实生活基础，又能凸显生活和人物精神深处的隐秘，如马二之"面圣朝拜"。

按现实生活本来的样子，把马二当作八股世界芸芸众生中的一分子来描写，不仅写出他的庸俗迂腐，还写出他所蕴含着的人性的温馨。对匡超人，虽萍水相逢，而真心实意地劝导、相助；对蘧公

孙，虽是初交，却不惜罄囊为之销赃免祸；对洪憨仙，明知受骗，仍捐资为之装殓、送殡，真不愧是"有意气、有肝胆"的"正人君子"。吴敬梓对他的忠厚诚笃的君子风是赞许的，而对其愚昧朽拙的迂腐气是却嘲讽的。前者说明他本来可以是有价值的人，后者表现他实际上已成为无价值的人。撕破无价值的，具有喜剧性，是对八股的批判；原有的价值被损伤，又具有悲剧性，也是对八股的批判。喜剧性和悲剧性的融合，表现了作者对这个人物典型意义的深刻把握。

按现实生活本来的样子，把马二先生当作深受八股之害的普通读书人来描写，不仅写庸俗迂腐的本身，还深一步写出庸俗迂腐的社会造因。对吴敬梓来说，揭露庸俗迂腐是他洞察社会生活的结果，他的批判矛头始终指向社会，指向造成人性异化的封建蒙昧主义。透过喜剧性的外部效果，挖掘到深植的性格内因和社会造因，喜剧就有可能向悲剧转化。由于对现实的深刻洞察力，吴敬梓在描绘马二先生的喜剧性形象时，揭示出了悲剧性的社会本质，从而使喜剧性和悲剧性不可分割地融合在一起，这就构成马二形象的基本色调，应该说这也是《儒林外史》的基本艺术色调。

131

江南贡院

珍珠衫、百宝箱和通灵宝玉

张国风

132　　　　小说有个结构问题，结构问题常常是小说作者煞费苦心的难题，尤其是长篇小说。小说结构的好坏直接影响到主题的表达、人物的塑造，影响到作品的感染力。当然，反过来说，小说结构的高明与否，又受制于作者认识水平和艺术水平的高低。有了大致的情节以后，结构问题便摆在作者的面前，无法回避。随着情节的展开，设计多少人物，如何设计人物的主次，如何设计人物和人物之间的关系，如何安排人物的出场，辅助人物的安排，如何将故事和人物生动而自然地连成一气，如何设计中心线索，设不设置副线，悬念的设置，高潮的设计，人物结局的设计等等。在这方面，长篇小说和短篇小

连环画《杜十娘怒沉百宝箱》封面

说又有所不同。短篇小说篇幅有限，更加重视或者说更加依赖结构的技巧。而长篇小说对结构的考虑则要求更加大气，更加强调全局的把握。理想的情况是把全局的构想和局部的展开天衣无缝地结合起来。这里想谈的是中国古代小说作者在构思小说结构时对物件的利用。

　　我们在读唐人的小说名篇时，很少看到物件的利用在结构上非常成功的例子。唐初小说《古镜记》，被认为是唐人小说从志怪到传奇的过渡。这篇小说以一面镜子串联一系列相关的故事。从结构上看，仿佛一串冰糖葫芦，如果说故事好像是一个个的山楂，那镜子便是串起山楂的竹棍。但是，镜子的出现只是强调了它的怪异和神奇，与人物的命运没有多大关系。中国古代小说的实际告诉我们：只有当物件与人物命运结合在一起时，这个物件的利用才真正有了结构上的重要性。中国的小说读者最关心的是人物的命运，从这种

133

意义上来说，中国的小说是命运小说，是真正"以人为本"的艺术。归根到底，古代小说扣人心弦的不是离奇的情节，而是故事中人物那跌宕起伏的命运。当人物命运和情节的离奇发生矛盾的时候，中国古代小说作者宁可削弱情节的悬念，也要强调人物命运的悲欢离合。我们只要注意一下古代公案小说和西方侦探小说的差别，就可以明白。像《错斩崔宁》《简帖和尚》这样的公案小说，作者把罪犯放在明处，而读者的注意力几乎全部为人物的命运所吸引，整个破案的过程并未构成悬念，也没有表现出什么智慧。这和我们阅读《福尔摩斯探案》的感受是完全不同的。由此我们也就可以明白，为什么读者那么重视小说中人物的结局。有的时候，读者对小说的艺术水平非常不满，但他们还是要耐着性子把它读完，原因是什么呢？就是因为他们要看那个结局，要看人物的命运。一边骂，一边

《福尔摩斯探案集》书影

还要看，事情就是这样的矛盾。

唐人小说中，《长恨歌传》里那个钿合金钗是串联前后两大部分的重要物件。它既是李、杨情爱的见证，又是"天长地久有时尽，此恨绵绵无绝期"的物证。但是，小说强调了"牵牛织女相见之夕"李、杨密誓的意义。那是惟有李、杨二人知道的密誓，从而无形中贬低了钿合金钗的重要性。

宋代话本中，已经注意到利用物件来发挥结构上的作用，譬如《碾玉观音》里那个玉观音，就是故事发展的重要线索。郡王让崔宁做玉观音，引出崔宁和秀秀的遇合；后来郭立找崔宁修补玉观音，引起秀秀的第二次暴露。这些都和崔宁、秀秀的命运紧紧地联系在一起。元代以后，戏曲大兴。至明清时期，戏曲中利用物件串联情节的作品越来越多，而且往往和人物命运紧密地结合在一起。这种情况启发了小说的创作。最典型的例子有三言中的《蒋兴哥重会珍珠衫》《杜十娘怒沉百宝箱》。珍珠衫本是"蒋门祖传之物，暑天若穿了它，清凉透骨"，一向由蒋兴哥交付妻子珍藏。后来，其妻王三巧与陈商偷情，将珍珠衫赠送陈商，"做个纪念"。蒋兴哥与陈商邂逅苏州，从陈商身上的珍珠衫进而探问到三巧失身的隐秘。最后，由陈商的原妻平氏将珍珠衫带回蒋家，物归原主。珍珠衫由蒋兴哥、王三巧爱情的标志，一变而为王三巧和陈商偷情的标记，再变而为王三巧复归本夫的象征，它与情节的发展、人物的命运紧密而又自然地联系在一起，使小说在结构上显得更加针脚细密，环环相扣，并增加了小说的戏剧色彩。在《杜十娘怒沉百宝箱》中，百宝箱在结构上的作用亦不容忽视。它把"从良"和"沉江"两大重点紧紧地联系在一起。"从良"中的百宝箱，隐而不露，半隐半露，写出杜十娘的精心设计。"沉江"一节，通过百宝箱的沉江毁灭，象征着杜

135

清孙温绘本《红楼梦》

十娘的"椟中有珠"和李甲的"有眼无珠"。

在明清的长篇小说中，在结构上物件利用得最好的是《红楼梦》。《红楼梦》的原名就是《石头记》。这块石头在《红楼梦》里可不简单，它和全书的主题、人物紧紧地联系在一起。结构的考虑和主题的表达、人物的塑造结合得水乳交融、天衣无缝。原来小说的主人公贾宝玉是一块女娲补天弃而未用的顽石。女娲补天用了三万六千五百块石头，偏偏剩了一块没用，而这块石头就是《红楼梦》的主人公贾宝玉。如果女娲当年多用了一块，那贾宝玉就不存在了。小说的主角既然是一块石头，那么，这部小说的原名叫作《石头记》，也就毫不令人奇怪了。不但小说的名字与石头有关，而且这部小说本身就全部记录在一块大石上。顽石下凡以后，不知过了几世几劫，空空道人从大荒山无稽崖青埂峰下经过，发现了这块记录了石头历尽悲欢离合、炎凉世态故事的大石。《红楼梦》里有一个现实世界，有一个超现实世界，把这两个世界联系在一起的便是半仙似的一僧一道。而把一僧一道与贾宝玉联系在一起的便是贾宝玉脖子上那块要命的通灵宝玉。《红楼梦》中一僧一道几次出现都与这块石头有关。他们称呼贾宝玉为"石兄"。这块通灵宝玉是贾宝玉一时一刻也离不开的东西。而这块要命的玉就是那块顽石变的。"顽石"一词字面上带有贬义。贾宝玉不愿意走社会和封建家长给他规定的人生道路，所以在世人俗人眼里，他确实是一块顽石。作者又告诉我们，这块顽石虽然未被女娲看上，但"自经锻炼以后，灵性已通"。显然，这是作者在暗示读者，贾宝玉的秉性非常聪明。作者说这块弃石看到众石都被女娲选上，惟有"自己无才不堪入选，遂自怨自叹，日夜悲号惭愧"。按照这种说法，似乎这块弃石不是不愿意补天，而是人家不要他，被淘汰下来的。但是，从全书来看，这块弃石不是无才补天，而是不屑去补。"顽石"之说，其实是明贬暗褒。如何从云山雾罩的女娲补天神话过渡到世俗人间呢，作者引入一僧一道，把此岸世界和彼岸世界连接在一起。这一僧一道在那里高谈阔论，引动石头的凡心，也要到人间走一遭。读者看到这里，以为《红楼梦》是要借用神仙、灵物思凡的模式来展开石头的故事，石头马上摇身一变，要变成贾宝玉了。可是，《红楼梦》并没有简单地套用思凡的模式，而是让一僧一道借此发挥了一通议论："那红尘中却有些乐事，但不能永远依恃；况又有'美中不足，好事多磨'八个字紧相联属，瞬息间则又乐极悲生，人非物换，究竟是到头一梦，万境归空。"一僧一道的这些话也都是老生常谈，不足为奇。况且，两人刚刚大谈红尘中的富贵荣华，把石头的凡心勾起来了，现在反过来却又说富贵荣华也是靠不住的，话都让他们说全了。但是，读完全书我们就知道了，作者面对一大群女子的悲惨命运，面对百年望族的一朝衰落，面对小说主人公的婚姻恋爱悲剧，他又怎能不产生那种瞬息荣华、万境归空的想法？作者在思考人生的意义的时候，一方面热爱生活，一方面又看不到出路。作者的思考就是这样充满矛盾。由此看来，作者将贾宝玉的前身设计成一块女娲补天剩而未用的石头是十分巧妙的。这块石头的含义很不简单。但是，作者对石头的利用还不止于此。这块高十二丈、方二十四丈的石头又可以一变而为扇坠大小、可佩可拿、鲜明莹洁的一块美玉，这就是贾宝玉脖子上那块要命的"通灵宝玉"。美玉和顽石这两样东西出入很大，但二者的合二为一却正好说明了贾宝玉思想性格的复杂性。作者还一再提醒我们，美玉是贾宝玉的幻相，顽石才是贾宝玉的真相，才是贾宝玉的本来面目。作者十分清楚，像贾宝玉这样的人物是读者很难理解的，所以他在贾宝玉正式出场以前做了充分的铺垫。这个铺垫的中心就是用种种手法，包括超现实的手法来强调贾宝玉性格的复杂性。

因为贾宝玉脖子上挂着通灵宝玉，所以我们就不会忘记，贾宝玉既是一块宝玉，又是一块顽石；既是聪明机敏的青年公子，又是让贾府失望绝望的"孽根祸胎""混世魔王"。小说在指出贾宝玉的来历是一块石头以后，接着又说一僧一道带了蠢物，亦即通灵宝玉去投胎入世。一僧一道的对话又交待，蠢物就是神瑛侍者。这样，贾宝玉的前身又有了第二种说法：神瑛侍者。瑛，就是石头，一种似玉的美石。神瑛就是有神灵的似玉的美石。如此看来，神瑛也就是通灵宝玉；神瑛侍者就是通灵宝玉的延伸。

为什么有了通灵宝玉的故事还不够，还要来一个神瑛侍者呢？原来通灵宝玉的故事说明了贾宝玉的思想性格，神瑛侍者的故事则交待出贾宝玉和林黛玉的缘分：神瑛侍者天天给绛珠仙草用甘露灌溉，使绛珠仙草得以久延岁月，并修成个女体。恰好神瑛侍者要下凡，那绛珠仙草便说："他是甘露之惠，我并无此水可还。他既下世为人，我也去下世为人，但把我一生所有的眼泪还他，也偿还得过他了。"由此可见，通灵宝玉和神瑛侍者的故事各有各的用处，不能互相取代。

作者利用通灵宝玉和神瑛的意义相通把两个故事巧妙地连到一起。到这里，我们不难想到，作者是要把贾宝玉和林黛玉的爱情故事装到一个因果报应的框架里去。一个有甘露灌溉之恩，一个要用眼泪来报答他。这不是一个典型的报恩故事吗？比较特别的是，绛珠仙草报答的东西不是金银财宝，也不是高官厚禄，而是一生的眼泪。《红楼梦》利用因果报应模式的外壳，却剔除了其中消极的轮回思想。围绕贾、林爱情悲剧的描写，深刻地揭示了这一悲剧的社会根源，同时也写出了这一悲剧与悲剧主人公思想性格之间的内在联系。

《红楼梦》对石头的利用还不止于此。我们来看一看黛玉之死中通灵宝玉的作用。当然，这里涉及一个要命的问题，就是后四十回著作权的问题，因为黛玉之死已经到了后四十回。学术界有这样的观点，认为后四十回中精彩的段落有曹雪芹原稿的支撑。我赞成这种观点。围绕黛玉之死的描写就是一例。私心以为，黛玉之死的描写充满灵气，并非出自高鹗之手，高鹗没有这样的大手笔。这一看法当然没有文献的根据和严密的考证，只是本人的直觉而已。

黛玉之死安排在第九十八回。我们注意到，黛玉死前，贾府已是险象环生。第九十四回，"失宝玉通灵知奇祸"，宝玉因为失掉了通灵宝玉而变得疯疯傻傻，麝月等人"俱目瞪口呆，面面相觑"，"袭人急的只是干哭"，"怡红院里的人吓得个个像泥塑木雕一般"，惊慌的气氛立即从怡红院扩散蔓延到整个大观园乃至整个贾府。紧接着就是第九十五回的"因讹成实元妃薨逝"，第九十六回王子腾拜相，回京的路上"偶然感染风寒"，"误用了药，一剂就死了"。俗话说，祸不单行，这又岂止是"祸不单行"，真所谓屋漏偏逢连夜雨！按照迷信的说法，贾府气数已尽，不是人力所能挽救的了。

元妃之死，王子腾之死，都写得十分突然，这也许是为了使贾府的衰败显得更有气势。元妃的死，王子腾的死，又都写得极简略，因为他们的死不是作者真正有兴趣描写的情节。元妃和王子腾是贾府最重要的靠山，一个在宫中，一个在朝廷，他们的死是贾府被抄的预兆。真所谓山雨欲来风满楼！

"黛玉葬花"邮票

　　紧接着贾府两大靠山的崩塌来写黛玉的死，这种安排说明了什么呢？说明作者有意识地把黛玉之死安排在贾府败象难掩、但还没有一败到底的时候来描写通贯全书的爱情婚姻悲剧。我们不妨设想一下，如果将黛玉之死安排在元妃、王子腾之死的前面，就会将爱情婚姻悲剧和贾府衰败的背景之间的关系割裂开来。岂不知，正因为贾府处在下滑的过程中，才更加不能选择林黛玉来做宝玉的配偶。林黛玉从不曾劝贾宝玉去立身扬名，以林黛玉做贾宝玉之妻，只会助长宝玉离经叛道的倾向和趋势；再说贾府也需要薛家经济上的支持。如果将黛玉之死往后拖，拖到抄家，那么，贾府彻底破败这一大事势必冲淡宝玉、黛玉和宝钗的爱情婚姻悲剧。所以，把黛玉之死安排在贾府将败未败之际是经过精心考虑的，这种安排在结构上保证了黛玉之死乃至整个爱情婚姻悲剧激动人心的巨大力量。

141

黛玉之死的写法，和宝玉挨打、抄检大观园一样，是借一件大事，将许多的人物卷进来，逼迫他们表态，展示他们的思想和性格。从黛玉之死又引出一连串的余波。具体来说，作者通过黛玉之死，对黛玉、宝钗、袭人、紫鹃、凤姐、贾母、王夫人、贾政、薛姨妈、李纨、平儿、鸳鸯，乃至于前面涉及不多的雪雁，都作了程度不同的描写，这就几乎把前八十回里最重要的人物都"卷"进来了。这些人物保持了他们在前八十回中所展示的思想性格，其中有些人物，譬如像贾母、袭人、紫鹃，她们的思想性格还得到了进一步的深化。作者让她们一个个地来对黛玉之死表态，一个个地来对爱情婚姻悲剧表态，以此显示她们的灵魂。与此同时，也把黛玉之死的悲剧气氛渲染得更为浓烈。

作者在这里先安排了通灵宝玉莫名其妙地失落。为什么要安排失玉的情节呢？原因十分明显。失玉以后，便是疯傻；疯傻以后，便有冲喜之说；冲喜的秘密泄露，又直接导致黛玉之死。所以"失玉"是出于情节上的需要，这种安排是非常巧妙的。另一方面，宝玉失玉以后，处于疯傻的状态，这才能使宝玉在行动上完成了"金玉良缘"，而在思想上却没有背叛"木石前盟"。在成亲前后的描写中，贾宝玉对木石前盟的忠诚显得非常动人。《红楼梦》之所谓"哀感顽艳"的风格，它的残酷而又美丽，它之使人回肠荡气、唏嘘不已的地方，最突出的就表现在这里。思想和行动的彼此矛盾又引起了紫鹃、雪雁等人的误会，使成亲的过程更加具有戏剧色彩。由此看来，"失玉"也是出自刻画人物的需要。

这块通灵宝玉当然是《红楼梦》里的超现实因素，在这里，作者从很多方面去利用它。《红楼梦》对通灵宝玉的利用，不但非常充分，而且非常隐蔽，这是其他小说难以企及的。

幻由人生和以幻写实

——说《聊斋·画壁》

　　《画壁》是一篇描写生动、艺术构思精妙，而思想旨趣却有些难于把握，甚至显得有些扑朔迷离的作品。小说写一个书生朱孝廉和他的朋友孟龙潭一起到一座寺庙去参观游览。殿中墙壁上有许多绘画，"图绘精妙，人物如生"。最栩栩如生的，是东壁上的"散花天女"画。天女乃一垂髫少女，"拈花微笑，樱唇欲动，眼波将流"。朱孝廉被强烈吸引，注目不移，久之竟"不觉神摇意夺，恍然凝想"。于是，忽然身体就飘飘然如驾云雾，不由自主地就到了壁上。小说由此展开一系列的幻想情节，在现实人物朱孝廉和壁画人物散花天女之间，产生了一段充满浪漫色彩，不乏幸福甜蜜，同

蒲松龄像

时又离奇曲折、紧张惊险的性爱故事。朱孝廉从壁上回到现实以后，以他在画壁中的经历和由此引起的壁画上的奇异变化（画上的天女在跟他有性爱关系以后，竟"螺髻翘然，不复垂髫矣"——就是从少女的发型变成了少妇的发型）求问于老僧，老僧笑答："幻由人生，贫道何能解？"这是不解之解，充满了一种神秘意味，令人深思，同时又使人如坠五里雾中。

作者通过这个美妙的充满艺术魅力的故事，想要表达一种什么样的思想呢？这可以有完全不同的解释。清代的几位著名的《聊斋》评论家几乎异口同声地评定，蒲松龄是在宣扬一种宗教思想，即借由佛家之口，来劝诫，来喝破那些有"淫心"的人。而用蒲松龄自己在"异史氏曰"中的话来说，这是一篇"菩萨点化愚蒙"的戒淫之作。冯镇峦评曰："幻由人生一语，该括一部《昙花记》。"

何守奇评曰：“此篇多宗门语。至‘幻由人生’一语，提撕殆尽。志内诸幻境皆当作如是观。”但明伦也称“幻由人生”一语，是“真解”、“妙解”，进而联系小说中的人物说：“以知悟道不在多言，惜朱（孝廉）之闻妙谛而不解也。”今人也有持相同观点的，如说：“老僧的用意在于通过朱孝廉这番虚幻经历，让朱孟二人明白‘幻由人生’（也就是‘异史氏曰’所说的‘人有淫心，是生亵境；人有亵心，是生怖境’）的佛理，这一佛理也是这篇小说的整体情节框架所表现出来的基本主题。”（《聊斋评赏大成》，22页）

认识和把握文学作品的主题，或者说作品的思想倾向，通常有两条路径。一条是，看作者在作品中的明确提示，即直接将他的用意，或曰主题思想，明明白白地表达出来。如此篇中的“异史氏曰”中蒲松龄所说的那番话。但是，并不是每一篇作品作者都会出来作直白提示的，绝大多数都没有；真正的艺术作品也不应该有，不必有。而更为重要的是，即使作者有直白提示，由于种种复杂的原因，也往往靠不住，不可以当真。另一条路径是，考察作品的艺术，亦即对作品中的人物、情节、细节等进行具体的分析。对一篇具有艺术性的小说来说，作者的真实思想，亦即他从生活中得来的真切的生活体验和认识，都是隐藏、渗透、寄寓在小说的艺术形象之中的。分析作品的艺术，就是要挖掘出作品内在的而不是显露在外的思想内涵。这条路径最符合艺术规律，也最可靠；作者的告白只能作为参考。

不错，这篇小说确实有浓厚的宗教色彩。“兰若”、“殿宇禅舍”、“老僧挂褡”、“随喜”、“偏袒”、“说法”、“檀越”等等，故事产生的环境和情节的发展，处处都关涉到佛语、佛事、佛俗。更为重要的是，篇中老僧的点示，以及篇末“异史氏曰”中，作者与老僧相呼

柳　泉

应而发的那番高论，都透出一种似乎要让人顿悟，却又相当费解的带有佛家玄虚色彩的训诫意味。

但是细读之后就不难发现，这些都不过是小说的外壳，作者的本意，也就是作品描写的着力之处，却并不在佛教本身。这篇小说的主体，也就是最具艺术魅力的部分，是朱孝廉进入画壁以后所发生的那个浪漫的性爱故事。如果我们掐头去尾，让读者看不到朱孝廉入画壁和由画壁再返回现实的奇幻构想，那么浪漫故事本身，实际上就是一个完完全全的充满世俗意味的现实故事。当然，去掉了入幻、出幻的精巧的艺术构思，作品就将失掉动人的艺术光彩。寓实于幻，正是作者的艺术妙思。

我们先看作者对散花天女这个人物的设置和处理。散花天女，原本是一个佛经中的人物。《维摩诘经·观众生品》中记载，在维摩诘室中有一位天女，当诸菩萨聆听佛说法之时，她就呈现原身，将天花撒到众菩萨身上，以检验他们的道心是否坚定。世俗之心已尽，即道心坚定者，花著身不落；世俗之心未尽，即道心未坚者，花不著身。身负如此神圣使命的一位神女，她本人的佛性和德行都应该是非常高的。可是在作者的笔下，这位神女却是一个不论容貌、仪态、服饰、感情，从里到外、彻头彻尾的世俗女子。看作者写她的微笑、眼神，都极富动感，难怪朱孝廉为其所撼动，目眩神摇而进入画壁。值得注意的是，他入画后并没有立即去追寻这位令他心动的女子，而只是杂立在听众之中听一位老僧说法。令他（还有读者）意想不到的是，这位神女竟突然主动上来"暗牵其裾"，并且对他妩媚地"嬲（chǎn）然"一笑，进而引他"过曲栏，入一小舍"，最终成就"狎好"之事。其间小说还特意写了朱孝廉的疑虑、胆小："次且（趑趄）不敢前"；这时，神女的表现是："回首，举手中花，遥遥作招状"，以手势招引他，也是鼓励他，为他壮胆。而在朱入小舍后见寂无一人，突然拥抱她的时候，她的表现是"亦不甚拒"，相当大方地就接受了。两人狎好之后，她又为再次的幽会作了细心的安排："既而闭户去，嘱（朱）勿咳，夜乃复至，如此二日。"这一系列的描写，处处都表现出她对于异性间的爱悦，是那样的主动、大胆、热情。这显然是一个青春萌动、情窦初开的凡间女子，哪里是一个六根清净的宗教人物呢？

再从小说中的人物关系来看。她有一群亲密的女伴，这些女伴当亦是佛界中凡心脱尽的一群神女，但当她们发现散花天女与朱孝廉的性爱关系时，却是一没有嫉妒，二没有谴责，三更没有去向佛报告揭发，而是在欢声笑语中表现出一种在我们凡人看来十分可亲可敬的宽容、同情和赞美。甚至在分享二人的幸福的同时，还帮助两人的关系变得更加甜蜜、美好。一是当着朱孝廉的面与天女开玩笑说："腹内小郎已许大，尚发蓬蓬学处子耶？"（意思是已经不是处女，就不应该再是少女的打扮了）于是七手八脚，拿来簪珥"促令上鬘"，为她妆点首饰，打扮成一个出嫁妇女的模样。这不是恶作剧，而是一种充满热情和爱怜的善意成全。对此，天女的表现是"含羞不语"。这种含情脉脉的默认和接受，正是我们在现实生活中常见的待嫁或初嫁时世俗女子的典型表情。读到这里，我们一定会被这位神女和她的女伴们的融洽美好的关系所感染。这时，一女伴说："妹妹姊姊，吾等勿久住，恐人不欢"，于是"群笑而去"。这又是一种热情而又善意的成全。在这种和谐、欢乐、温馨的气氛中，透露出的是现实少女世界特有的充满青春气息的幸福感。经过这一番戏谑和妆点之后，接下去又是一段充满赞美之情的描写："生视女，鬓云高簪，鬟凤低垂，比垂髫时尤艳绝也。四顾无人，渐入猥亵（注意：这里的"猥亵"二

149

敦煌壁画

字不是我们通常理解的"下流、淫秽"的意思，而是"亲近"的意思），兰麝熏心"。"兰麝熏心"这四个字下得很有分量，直将两人的性爱关系，推到了一个如兰麝般沁人心脾的美的境界。

小说情节的设置和组织，也很值得我们注意。正在二人"乐方未艾"时，故事陡然发生变化，出现了一段曲折、紧张，甚至可以称得上是惊心动魄的情节，这就是金甲使者的上场。上场前，作者有意作了多层的铺垫和渲染，令小说中的当事人、也令读者产生一种恐怖感。先是"吉莫靴"（一种皮靴）发出的尖厉的"铿铿"声；继而是"缧锁（相当于今日逮捕犯人的手铐）锵然"；再后是"纷嚣腾辨之声"（说明来人很多）；最后从女与生两人的眼中写出使者让人恐怖的形象："黑面如漆，绾锁挈槌。"显然，两人的私情暴露，就要大难临头了。作者并没有介绍这位金甲使者是一个什么样的人物，但从他的威严和气势，就知道他一定是佛界维护法规、权力极大的神人。他这次巡查的目的，一是清点神女的人数，二是清查是否"有藏匿下界人"，对象正是潜藏的散花天女和混入佛界的朱孝廉。在这种危急的情境之下，众神女出于与散花天女的深挚情谊，也出于对她和朱孝廉关系的认可和同情，竟然冒着很大的危险，对他们加意保护。使者厉声问"全未（人都到齐了没有）？"众女回答："已全"；问"如有藏匿下界人，即共出首，勿贻伊戚（不要自找麻烦）"，回答"无"。看看将要化险为夷，却又陡生波澜，写"使者反身鹗顾，似将搜匿"，竟将天女吓得"面如死灰"。后来经过几番曲折，朱在天女的指点下，怆惶藏匿，终得脱险。在这一系列的描写中，众女伴对二人同情与呵护的态度，显然也就是作者蒲松龄本人的态度。

这段情节虽然写得令人惊心动魄，却是有惊无险，现实人朱孝廉和壁画人天女都得到了保护，没有受到任何惩罚。这里就有一个

敦煌壁画

问题，蒲松龄作为一个小说艺术的高手，这段情节的安排，绝不会只是故作惊人之笔，以此来吸引读者，增加作品的可读性。那么，他的用意是什么呢？从小说给予我们的具体的艺术感受来看，他显然是在前面情节的基础上，进一步表现对两人性爱关系的肯定与同情。如果他真是将两个人的关系看作是一种下流、淫秽，应该否定和批判的行为，那么顺理成章的写法，就应该是让金甲使者当场捉住他们，并给予严厉的惩罚。小说的目的要真是在于戒淫，那么这样的处理，才应该是对淫行最有力的棒喝与教训。

通过以上对小说艺术描写的分析，我们可以得出这样的结论：蒲松龄将这个人神之间的性爱故事，写得如此美好，如此充满温馨的气息，充满幸福感，即使是经历一番惊险、波折，最终也仍然是平安无事。小说中的那位老僧是一位有道之人，他对故事中幻实两界（亦即画壁之上和之下）所发生的事，是了如指掌的。我们不能仅仅注意于他回答朱孝廉的"幻由人生"这四个字，还应该同样注意朱的朋友孟龙潭向他询问朱到哪里去了时的回答："往听说法去矣。"明明是在听"说法"之时，或者说是乘"听说法"之机，因天女的挑逗和指引，去完成了一段"云雨"好事，却只说他是听说法去了。那么，是听谁在说法，又是说的哪一家的法呢？这里边，隐隐约约地透露出来的弦外之音，是意味深长，很值得品味的。

读这篇小说，我们不应该被古今的一些《聊斋》评论家，也不应该被作者蒲松龄本人那些抽象的说教牵着鼻子走。我们应该相信蒲松龄是一位小说艺术的高手，相信在他的艺术描写中别有意蕴；我们还应该相信我们自己的艺术感觉，从作者所创造的生动真实的艺术形象中感受到和捕捉到的东西，才是更为可靠的。在这样认识的基础上，我们不妨超脱宗教的眼光，对"幻由人生"这四个字作一番

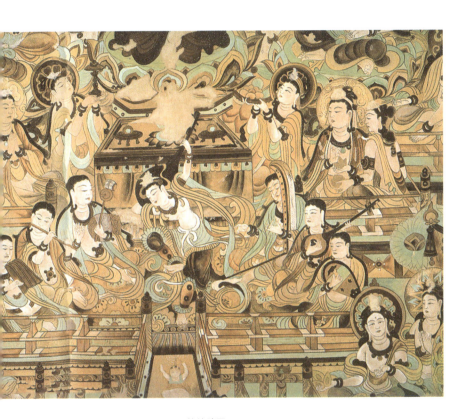

敦煌壁画

别解（说是曲解也可以）：幻，也就是艺术创作中的奇异想象，包括《聊斋志异》中许多匪夷所思的幻想，都是在现实人生的基础上生发和创造出来的。也就是说，蒲松龄是借奇幻以写实，不只是本篇如此，整部《聊斋》中的大部分篇章都是如此。那么，我们就会觉得，何守奇评论中所说的"志内诸幻境皆当作如是观"这句话，真是说得非常好，非常到位。

最后还要补充一句。我一直都说这篇作品所写的是一个"性爱"故事，而没有说是一个"爱情"故事。这是从小说艺术描写的实际出发的。两个人的关系，不能说没有一点情（指引、保护都含情），但主要的，确确实实只是性爱的关系。那蒲松龄肯定和美化这种关系，有没有积极意义呢？在蒲松龄的时代，即人的自然本性被压抑、人欲被窒息的时代，是有积极意义的。而且，他把这种关系写得很干净、很美，一点没有下流、低俗的成分，是难能可贵的。但在现代社会，特别在今天的中国，两性关系在一些人当中，已经很滥、很乱、很污浊了，我们还要再来肯定、美化、宣扬抽象的（即毫无社会内容的）赤裸裸的性爱，像美国电影里面常常表现的那样，就会产生很糟糕的后果。

《聊斋志异》中也有真正戒淫的作品，而且不止一篇，如《画皮》《董生》《黎氏》《杜翁》《人妖》等，但《画壁》不是。

155

　　假如一定要从话本小说中选出一篇代表作来，《蒋兴哥重会珍珠衫》的中选率也许最高。夏志清的《中国古典小说导论》甚至认为它是"明代最伟大的作品"，并说它在表现人性上，超过了《金瓶梅》和《红楼梦》。作品正面描写商人的家庭生活，细腻地表现了市民婚恋观念的新变化，充分反映了话本小说作为市民文学的特征。笑花主人在《今古奇观》的序中称话本小说"极摹人情世态之歧，备写悲欢离合之致"，本篇足当此誉。冯梦龙将此篇列为"三言"第一篇，可能也是对它情有独钟。

　　其实，小说中描写商人外出经商而后院起火的事，古已有之，

明杜堇《玩古图》

唐代的《潇湘录》中有一篇《孟氏》写的就是这样的故事：维扬大商常在外经商，其妻孟氏与一美少年吟诗传情，相好逾年。后大商外归，孟氏与情人忧泣而别。这一故事的结构与《蒋兴哥重会珍珠衫》如出一辙，只不过带有唐代独具的诗意特征。而明代这样的小说更多，如《玉堂春落难逢故夫》中山西商人沈洪外出，其妻皮氏与人通奸，以致谋杀亲夫。比较而言，《蒋兴哥重会珍珠衫》所写，既没有前者那样的诗情画意，也没有后者那样的淫邪狠毒。它所展现的只是普普通通的情感经历与家庭变故。因此，这篇小说最值得称道的还是它的心理描写。

《蒋兴哥重会珍珠衫》心理描写的成功之处首先在于它深刻地揭示出人物情感世界的复杂。王三巧虽然在丈夫蒋兴哥外出经商时与人另有私情，但作者并没有把她简单地刻画成一个淫妇，而是细致地表现了她心理的变化过程。按作者的介绍，蒋兴哥与王三巧本是非常美满的一对，"蒋兴哥人才本自齐整，又娶得这房美色的浑家，分明是一对玉人，良工琢就，男欢女爱，比别个夫妻更胜十分"，以致蒋兴哥"不与外事，专在楼上与浑家成双捉对，朝暮取乐。真个行坐不离，梦魂作伴"。当蒋兴哥提出要去广东料理生意时，作品特别用大段笔墨渲染了他们的难舍难分：

157

　　浑家初时也答应道该去，后来说到许多路程，恩爱夫妻，何忍分离？不觉两泪交流。兴哥也自割舍不得，两下凄惨一场，又丢开了。如此已非一次。光阴荏苒，不觉又攘过了二年。那时兴哥决意要行，……浑家料是留他不住了，只得问道："丈夫此去几时可回？"兴哥道："我这番出外，甚不得已，好歹一年便回，宁可第二遍多去几时罢了。"浑家指着楼前一棵椿树道："明年此树发芽，便盼着官人回也。"说罢，泪下如雨。兴哥把衣袖替他揩拭，不觉自己眼泪也挂下来。两下里怨离惜别，分外恩情，一言难尽。到第五日，夫妇两个啼啼哭哭，说了一夜的说话，索性不睡了。……浑家道："官人放心，早去早回。"两下掩泪而别。兴哥上路，心中只想着浑家，整日的不瞅不睬。

这看似琐细的笔墨，其实是作者匠心独运的铺垫。杨绛在评《红楼梦》时说过一句很精彩的话：艺术是克服困难。作者将两人感情写得如此之深厚，实际上也是为自己设置的"困难"。因为夫妻如此情深意长，按理说是不会有移情别恋的事，但后面却又真真切切地发生了。而要使这一切变得合情合理，当然必须对人物心理有深入的体会。

王三巧本来谨守妇道，"数月之内，目不窥户，足不下楼"。但爱上一个不回家的人，时间越长，思念也越长，特别是到了合家团圆的除夕，王三巧更是触景伤情，倍感凄楚。因为思夫心切，以致问卜算卦，为情节的进一步发展提供了一个心理动机：

> 大凡人不做指望，到也不在心上；一做指望，便痴心妄想，时刻难过。三巧儿只为信了卖卦先生之语，一心只想丈夫回来，从此时常走向前楼，在帘内东张西望。直到二月初旬，椿树抽芽，不见些儿动静。三巧儿思想丈夫临行之约，愈加心慌，一日几遍，向外探望。也是合当有事，遇着这个俊俏后生。

这个俊俏后生是外地商人陈大郎，他与蒋兴哥穿着打扮十分像，是王三巧误认的现实基础；而误认之际，"三巧儿见不是丈夫，

明吕文英《货郎图·春景》

羞得两颊通红，忙忙把窗儿拽转，跑在后楼，靠床沿上坐地，兀自心头突突的跳一个不住"。这一细节更写尽了少妇的羞涩。如果不是作者在开篇已经交待故事的发展趋势，读者很难想象这样一个本分的良家妇女如何会红杏出墙。而人物有违初衷的行为究竟怎样发生，令读者对其心理的转变充满了好奇，又使得本篇如叙家常的情节获得了与冲突激烈的作品一样扣人心弦的悬念。

促成这一转变的是薛婆的引诱。这一情节与《水浒传》及《金瓶梅》的"王婆贪贿说风情"颇为相似，其间极有可能存在借鉴关系。但与后者相比，在表现人物心理方面却有明显差别。"王婆贪贿说风情"给人印象最突出的是王婆，她定下所谓"挨光计"，将勾引潘金莲的过程分为十个步骤，看上去非常细致，但落实起来却没有那么复杂。关键在于潘金莲一开始就被作者定位为"淫妇"。所以，她与急情贪色的西门庆几乎一拍即合，连一点半推半就的遮掩都没有。而王三巧则不然，《蒋兴哥重会珍珠衫》在描写薛婆老谋深算的同时，更突出地表现了一个难耐寂寞的少妇的心理感受及微妙变化。

按照薛婆的计策，这是一个小火慢炖的过程。她先是在王三巧家门前与陈大郎假装买卖珠宝，大声喧哗，引起王三巧的注意，以便有机会进入王三巧家，也借机炫耀陈大郎的财富。接下来向王三巧推销珠宝、套近乎的机会就更多了。本来，一个封闭家中的少妇，很少有与人交往的机会，内心的孤寂无聊，让人有乘虚而入之机。而薛婆又是那样精明，很快骗取不谙世故的王三巧的信任。数次登门，话题逐渐深入，她借机提醒王三巧，蒋兴哥这样的行商最可能有外遇，实际上是为王三巧移情别恋预设心理平衡。之后，又找机会在蒋家留宿，开始了更明显的劝诱，"凡街坊秽亵之谈，无所不至。

明吕文英《货郎图·秋景》

这婆子或时装醉作风起来，到说起自家少年时偷汉的许多情事，去勾动那妇人的春心。害得那妇人娇滴滴一副嫩脸，红了又白，白了又红"。到了王三巧生日那天，说得更加煽情："牛郎织女，也是一年一会，你比他到多隔了半年。常言道一品官，二品客。做客的那一处没有风花雪月？只苦了家中娘子。"这一次，王三巧没有再像起初那样反驳她："我家官人到不是这样人。"而只是"叹了口气，低头不语"。无论她对薛婆猜度蒋兴哥的话信还是不信，对自己处境的怨艾却掩饰不住了。而薛婆越发露骨的挑逗，终于使王三巧春心荡漾，不能自持，与潜入卧室的陈大郎"狂荡起来"，用薛婆的话来说，就是"开花结果"了。

至此，我们看到了一个与丈夫有着"如鱼似水，寸步不离"的感情且"甚是贞节"的良家妇女，怎样一步步"堕落"的过程。在波澜不惊的日常生活中，其实包孕着令人震撼的阴谋，更潜藏着足以改变命运的感情洪流。《蒋兴哥重会珍珠衫》的贡献就在于真切细腻和人性化地将这一洪流揭示出来了。这一贡献如果与它所依据的文言小说只有五百字的粗线条勾勒对比，可以看得更加明显。重要的还不在于话本小说所采用的白话叙事可以使作者作淋漓尽致的铺陈，而在于作者深刻地意识到人物的心理、尤其是人物在生活中可能变化的心理是一个最值得关注的艺术世界。特别是，尽管作者在潜意识中仍没有摆脱男性立场，但他却能设身处地地对女性心理加以细致揣摹和委婉曲折的刻画，这在古代小说中也实属难能可贵。

在表现人物心理的艺术手法方面，《蒋兴哥重会珍珠衫》有很多可圈可点的地方。例如作品中的空间安排就非常巧妙。小说以襄阳府枣阳县为情节展开基本空间，但又在前面隐含着另一空间背景，

162

即蒋家世代经商之地广东。而来自徽州新安县的商人陈大郎则代表了又一个空间的切入。薛婆摇唇鼓舌，用"异乡人有情怀"挑逗王三巧，说明地域性在这里确实被作者有意地加以利用了。这种利用还表现在陈大郎与王三巧的分别中，地域的距离成为两人情感的印证。如果同居一地，自不会出现那样难舍难分的场面；而陈大郎归而复返，又进一步表明他不同于一般的寻花问柳之辈。特别是蒋兴哥与陈大郎在苏州的邂逅相遇，为小说增加了另一个富于情感张力的空间背景。在这里，不仅使陈大郎得以再次吐露异地相思之情，更强化了蒋兴哥的反应。在外地得知妻子有外遇的事，空间的距离造成时间上的缓冲，使他的心理表现显然比在当地听说可能导致的骤然爆发要更有深度。请看作品中的描写：

> （蒋兴哥）回到下处，想了又恼，恼了又想，恨不得学个缩地法儿，顷刻到家。连夜收拾，次早便上船要行。……催促开船，急急的赶到家乡，望见了自家门首，不觉堕下泪来。……在路上性急，巴不得赶回。及至到了，心中又苦又恨，行一步，懒一步。

163

这可以说是中国古代小说中最具心理深度的空间描写，它将人物内心的气恼、羞辱表现得异常感人。

实际上，蒋兴哥在离家前就因为王三巧"生得美貌"，而叮嘱过她要小心"地方轻薄子弟"。所以，这种既在意料之中又出情理之外的侮辱，令他倍感痛悔。但是，他没有采取狂暴的举动，不像《简贴和尚》中的皇甫松、《水浒传》中的杨雄那样，在听到妻子与人通奸的传言后，立刻暴跳如雷，施以冷酷无情的报复。为了保全妻子的面子，他甚至没有说出休妻的理由，反而表现出了一种古代

明吕文英《货郎图·冬景》

小说中少有的自责与宽容。不过，蒋兴哥对丫环的拷打以及领了一伙人"赶到薛婆家里，打得他雪片相似，只饶他拆了房子"，又说明他并非是一个没有血性的人。这看似矛盾的言行，正是作者表现人物内心冲突的一种有效方式。

此外，小道具的运用也是作者表现人物心理的手法。与所依据的文言小说相比，本篇增加了红纱汗巾和凤头簪子这两件小物件，它有两个作用。当陈大郎因不知蒋兴哥是王三巧之夫，托他带情书及一条汗巾和一根簪子给王三巧，蒋兴哥生气地把情书扯得粉碎，又折断玉簪。后来为了留作证据，才忍辱带回。而当他交给王三巧时，王三巧并不知是陈大郎送来的，她只能猜测："这折簪是镜破钗分之意；这条汗巾，分明教我悬梁自尽。他念夫妻之情，不忍明言，是要全我的廉耻。"于是，这两个小物件先是强化了蒋兴哥的愤怒，后又表现了王三巧的内疚，将人物不便明言作者也难以复述的心理表现得真切动人。

正因为作者突出了心理描写，人物的塑造因而更具现实的深度。所以，即使是陈大郎与王三巧的感情，作品也渲染了他们一旦相好，同样"恩深义重，各不相舍"。分别前夕，更是"倍加眷恋，两下说一会，哭一会，又狂荡一会，整整的一夜不曾合眼"。王三巧甚至有与他私奔之意；将"珍珠衫"送给他，为的也是让他"穿了此衫，就如奴家贴体一般"。而陈大郎虽然本是为劝惩而设计的人物，也不同于同类题材中的浮浪子弟。虽起初也不过是寻花问柳，后来却又情动于衷，以致分别时"哭得出声不得，软做一堆"。回家后一心只想着三巧儿，朝暮看着珍珠衫，长吁短叹，情怀撩乱。对这样的形象是无法加以简单的道德评判的。作者在开篇时曾谆谆告诫人们不可当第三者，"只图自己一时欢乐，却不顾他人的百年恩义，假如你

165

刘云若《红杏出墙记》书影

有娇妻爱妾，别人调戏上了，你心下如何？"这种设身处地、将心比心的议论，不仅拉近了现实世界与艺术世界的关系，也使读者对陈大郎的行径能产生由衷的警惕，而不只是出于一种义愤的摒弃。

本文开篇曾引述了夏志清对《蒋兴哥重会珍珠衫》的激赏。实际上，在评论这篇作品时，他还提出了一个发人深思的假设，即如果中国小说沿着它的模式发展下去，一定会更加优秀。那么，《蒋兴哥重会珍珠衫》的模式在中国小说的发展中是否中止了呢？民国言情小说家刘云若有一部著名的长篇小说《红杏出墙记》，它的开篇与《蒋兴哥重会珍珠衫》颇有些相像。外出的丈夫突然回家，目睹了爱妻与好友间的私情。这种打击一如蒋兴哥所承受的，而主人公也同样采取了冷处理的办法。其间一连串爱恨交加的感情纠葛，看上去比《蒋兴哥重会珍珠衫》来得更为错综复杂和缠绵悱恻。我们无法知道刘云若是否看过《蒋兴哥重会珍珠衫》，但他确实有意与古代小说抗衡，他声称自己的小说曲尽人情，故人无极善极恶（刘云若《春风回梦记·著者自叙》）。然而，如上所述，《蒋兴哥重会珍珠衫》的人物描写已然如此，那么，《红杏出墙记》究竟有什么超过《蒋兴哥重会珍珠衫》的地方，为什么它没有如"夏志清假说"那样，成为《安娜·卡列尼娜》式的杰作？依我的一孔之见，恐怕还在于对世俗精神的把握上。此书虽然采取的是通俗小说的叙述模式，但在具体表现上，却羼入了更多的文人因素，以致在表现爱与恨、善与恶、情与欲、理智与冲动等方面，都带有明显的人为色彩与思理作派。作品中三人皆殉情而死的悲剧结局就使作者编造的痕迹达到了顶点。而这种悲剧的结局却是明代市民所不以为然的，他们的人生哲学正如王三巧的母亲开导女儿时所说的："你好短见！二十多岁的人，一朵花还没有开足，怎做这没下梢的事？莫说你丈夫还有回心转意的日子，便真个休了，怎般容貌，怕没人要你？少不得别选良姻，图个下半世受用。"这种执著于现世的生活欲望才是《蒋兴哥重会珍珠衫》的基调，也是它的作者"为市井细民写心"的原动力。而当通俗小说远离了这种原动力，恐怕也就不可能有更伟大的前途了。从这种意义上说，《蒋兴哥重会珍珠衫》也许真的可以说是独一无二的。

"宝钗扑蝶"的情思

刘勇强

名家讲中国古典小说

168　　　第二十七回的"宝钗扑蝶"是《红楼梦》的一个经典片断。这段文字并不长，前面叙述宝钗往潇湘馆来，因见宝玉进去了，担心自己也跟进去，"一则宝玉不便，二则黛玉嫌疑"，便抽身回来：

> 　　刚要寻别的姊妹去，忽见前面一双玉色蝴蝶，大如团扇，一上一下迎风翩跹，十分有趣。宝钗意欲扑了来玩耍，遂向袖中取出扇子来，向草地下来扑。只见那一双蝴蝶忽起忽落，来来往往，穿花度柳，将欲过河去了。倒引的宝钗蹑手蹑脚的，一直跟到池中滴翠亭上，香汗淋漓，娇喘细细。宝钗也无心扑了……

清孙温绘本《红楼梦》

接着就是她听到滴翠亭里红玉、坠儿谈论男女私情，宝钗"使个金蝉脱壳的法子"，假装寻找黛玉，不但巧妙摆脱了干系，反而使这两个丫鬟对黛玉有所猜忌。——在评论"宝钗扑蝶"这一情节时，研究者的目光往往为扑蝶的后续情节"金蝉脱壳"所牵引，更多地关注宝钗的为人问题。其实，画面唯美、动感鲜明的扑蝶场景，本身韵味深长，也大有赏析余地。

先说扑蝶者。好的小说，人物言行应具有特征性。就《红楼梦》而言，葬花的只能是黛玉，醉卧芍药裀的必是湘云，而扑蝶者也非宝钗莫属。让黛玉扑蝶，没有那种轻松欢快的活力；让湘云扑蝶，没有那份悠然自适的耐心。即使对宝钗来说，也正如甲戌本回末评语所说，"池边戏蝶，偶尔适兴"。当蝴蝶忽然出现时，她原本该在潇湘馆里。不期而至的蝴蝶恰到好处地顺应了人物意图的改变，使情节流程的突然转向如行云流水般自然。

关于宝钗扑蝶，甲戌本还有批语说："可是一味知书识礼女夫子行止？写宝钗无不相宜。"在批点者看来，像宝钗这种身份、性格的人是不该扑蝶的。清初小说《五色石》卷六《选琴瑟》里也有"扑蝶打莺，难言庄重；穿花折柳，殊欠幽闲"的说法。为什么扑蝶有失庄重，不该是"知书识礼女夫子"所当为？下面再说。耐人寻味的是，脂批此句后面的"写宝钗无不相宜"。在庚辰本中，这后一句与前一句间有一空格。如果这是两位评点者先后所批，则后一句似是对前一句的反驳。也就是说，在后者看来，宝钗扑蝶没有任何不妥。

对沉稳拘谨的宝钗而言，扑蝶确实有些不同寻常。但这是一次没有其他人在场的偶然之举，宝钗一向娴静文雅，但身心俱健，且处在花样年华，扑蝶实为其内心世界与自由天性的真切流露，也是

明陈洪绶《扑蝶仕女图轴》

那个时代富于青春活力的女性美的生动展现。尽管作者正面描写宝钗的只有"蹑手蹑脚"、"香汗淋漓，娇喘细细"等十余字，却洋溢着天真烂漫、妩媚动人的少女气质与情趣。有一篇敷演宝钗扑蝶的弹词开篇唱道："舒皓腕，露玉葱，往来追逐百花丛。美人娇喘浑无主，一身香汗透酥胸，腰肢无力鬓蓬松。"（刘操南编著《红楼梦弹词开篇集》，学苑出版社，2003，134页）便着意发挥了宝钗扑蝶的女性美。

这一回的回目是"滴翠亭杨妃戏彩蝶"。将扑蝶与杨贵妃联系起来，并非无由。五代王仁裕撰《开元天宝遗事》载：

> 开元末，明皇每至春时旦暮，宴于宫中，使嫔妃辈争插艳花。帝亲捉粉蝶放之，随蝶所止幸之。后因杨妃宠，遂不复此戏也。（《开元天宝遗事十种》，上海古籍出版社，1985，68页）

据此，这一联系可能也预示着宝钗的地位。而同一回的"埋香冢飞燕泣残红"，又将宝钗扑蝶与黛玉葬花并列，在"戏"与"泣"之间，客观上形成了一种性格与境遇相对而显的比较。不但如此，小说还有一个隐性的对比。第三十回宝玉问宝钗："姐姐怎么不看戏去？"宝钗推说怕热，微讽宝黛二人：

> 宝玉听说，自己由不得脸上没意思，只得又搭讪笑道："怪不得他们拿姐姐比杨妃，原来也体丰怯热。"宝钗听说，不由的大怒，待要怎样，又不好怎样。回思了一回，脸红起来，便冷笑了两声，说道："我倒像杨妃，只是没一个好哥哥好兄弟可以作得杨国忠的！"

从"他们拿姐姐比杨妃"看，这应该不是宝玉个人看法。如上所述，前面回目中的"杨妃"，作为叙述语言，表明作者也有意在宝钗形象中赋予了这一历史人物的某些特点。因此，所谓"体丰怯热"正与"香汗淋漓，娇喘细细"遥遥相对。然而，这一次宝钗却罕见的"大怒"，与扑蝶时"杨妃"的惬意形成强烈对比，这是作者在叙述语言与人物语言之间，有意制造的充满张力的意义空间。

次说扑蝶。在古代文学中，特别是在宋以后的诗词、小说、戏曲以及绘画中，"扑蝶"是一个屡见不鲜的意象或场景。诗词中，如苏轼的《蝶恋花》"扑蝶西园随伴走。花落花开，渐解相思瘦"，王沂孙的《锁窗寒》"扑蝶花阴，怕看题诗团扇。试凭他、流水寄情，溯红不到春更远"，陈允平的《侧犯》"轻纨笑自捻，扑蝶鸳鸯径"，汤显祖的《花朝》"妒花风雨怕难销，偶逐晴光扑蝶遥"，等等，从不同角度抒写扑蝶趣味，其中或隐或显地都与相思之情相关，已成为这一意象的重要内涵。

扑蝶也是绘画的热门题材，《新唐书·艺文志》即著录了周昉的《扑蝶》图；而《宣和画谱》卷六记载五代画家杜霄"工蜂蝶"，更有《扑蝶图》《扑蝶仕女图一》《扑蝶仕女图二》多种。明人陈洪绶、清人陈宇和费以耕等，也各有《扑蝶图》传世。其他未传世之作可能更多，如明代高启题画诗《美人扑蝶图》，形象地描绘了美人扑蝶的情景：

花枝扬扬蝶宛宛，风多力薄飞难远。
美人一见空伤情，舞衣春来绣不成。
乍过帘前寻不见，却入深丛避莺燕。
一双扑得和落花，金粉香痕满罗扇。

清陈宇《扑蝶仕女图》

笑看独向园中归，东家西家休乱飞。

明代王偁也有一首《题美人扑蝶图》：

为惜韶华去，春深出绣帏。
扑将花底蝶，只为妒双飞。

由诗观画，可以发现，其中同样寄寓了含蓄的爱情色彩。

戏曲方面，化文字想象、图画场景为动态表演，使扑蝶的纯美嬉戏更加鲜活动人。如明崔时佩《南西厢记》第五出《佛殿奇逢》莺莺上场时，在《西厢记》杂剧基础上，增加了一段红娘扑蝶的曲词：

笑折花枝自撚，惹狂蜂浪蝶，舞翅翩跹。几番要扑展齐纨，飞向锦香丛里教我寻不见。被燕衔春去，芳心自敛，怕人随花老无人见怜，临风不觉增长叹。

这一场景既表现了红娘的活泼，也是代莺莺抒情，"惹狂蜂浪蝶"则明示了爱欲之萌生。阮大铖《燕子笺》更以男主角所绘《听莺扑蝶图》作为贯穿线索，表现曲折爱情故事。与《听莺扑蝶图》对应，第十一出甚至设计了"双蝴蝶"上场表演飞舞场面，活现出女主角"心头事忒廉纤"。在她心里，"那粉蝶酣香双翅软，入花丛若个儿郎"。

由于扑蝶的情爱意味如此普遍，在《金瓶梅》中，我们甚至看到对它流于调情挑逗的描写。如书中两次写到潘金莲扑蝶。一次是第十九回："惟有金莲，且在山子前花池边，用白纱团扇扑蝴蝶

175

清费以耕《扑蝶图》

为戏。不妨敬济悄悄在他背后观戏,说道:'五娘,你不会扑蝴蝶儿,等我替你扑。这蝴蝶儿忽上忽下,心不定,有些走滚。'……原来两个蝴蝶也没曾捉的住,到订了燕约莺期。"再一次是第五十二回,几乎与第十九回如出一辙,也是陈敬济借潘金莲扑蝶挑逗她。两次扑蝶,都引出潘、陈私通,是"狂蜂浪蝶"的露骨表现。

扑蝶嬉戏既含有情欲意味,可能便是前引脂批质疑"可是一味知书识礼女夫子行止"的原由。反过来看,作者恰恰为宝钗安排这一举动,或许也并非随意装点。清人沈谦《滴翠亭扑蝶赋》"惟有痴情蝶不知,双双犹傍画间飞"(一粟编《古典文学研究资料汇编:红楼梦卷》第二册,中华书局,435页),便揭示了其中意味。

复次,说扑蝶之具。在《红楼梦》绘画中,"宝钗扑蝶"是入画较多的题材之一。有趣的是,画面中,宝钗或持团扇,或拿折扇。如清后期以仕女画见长的改琦所作《红楼梦人物图》,宝钗扑蝶时即手持折扇。现代以来,拿折扇的似乎还稍多一点。冯其庸和刘旦宅、戴敦邦等名家画的宝钗扑蝶均用折扇(戴氏也画过宝钗团扇扑蝶)。而1987年、2010年两版《红楼梦》电视剧却都选用了团扇。

按照小说描写,宝钗当时从袖中取出扇子,是什么扇子?没有写明。依情理而言,折扇可能更便于放在袖中,这或许是诸多画作选择折扇的缘故。但也不尽然,汉班婕妤《怨歌行》写团扇就有"出入君怀袖"句,可见团扇是可以放入古人或较今宽大的衣袖中的。《桃花扇·却奁》也提到李香君从袖中取出宫扇("桃花扇"究为折扇、团扇,舞台也有不同道具,蒋星煜曾撰文力证当为团扇),而明义《题红楼梦》第四首吟咏宝钗扑蝶事:"追随小蝶过墙来,忽见丛花无数开。尽力一头还两把,扇纨遗却在苍苔。"作为《红楼梦》早期读者,他所想象的便是"扇纨"即"团扇"。不过,这首诗与小说描写略有不同，诗中说是"小蝶"，《红楼梦》中却是"大蝶"；诗中说"过墙"，小说中是"过桥"。故诗中的"扇纨"也未必定与小说所写相符。顺便说一句，明陆容《菽园杂记》卷五载："南方女人皆用团扇，惟妓女用撒扇（即折扇）。近年良家女妇，亦有用撒扇者。此亦可见风俗日趋于薄也。"这可能是明代的情况，清人已没有了团扇、折扇的这种区分观念了。赵翼《陔馀丛考》卷三三甚至说折扇在明代流行以后，"今则流传寖广，团扇废矣"。

从文学史看，团扇与女性确实有着更密切的联系。唐朝诗人王建《调笑令》有"团扇，团扇，美人病来遮面"的名句，表明"团扇"是美人形象的一个标准配置。而扑蝶时用"团扇"也屡被提及，如宋李彭老《清平乐》词"合欢扇子，扑蝶花阴里"，其中的"合欢扇子"即是团扇，班婕妤《怨歌行》"裁为合欢扇，团团似明月"可以为证。《剪灯余话》之《秋夕访琵琶亭记》中也有"采香蝴蝶飞不去，扑落轻盈团扇纱"诗句；前引潘金莲扑蝶所用也是团扇。

不仅如此，团扇还另有寓意。《怨歌行》还有这样几句："常恐秋节至，凉飙夺炎热。弃捐箧笥中，恩情中道绝。"清初烟水散人编《女才子书》卷三《张小莲》中有《纨扇》诗意相近："皎洁新裁似月圆，时因扑蝶向花边。郎怀出入恩长在，岂逐秋风叹弃捐。"这些诗句令人联想到宝钗在第二十二回所设谜语："有眼无珠腹内空，荷花出水喜相逢。梧桐叶落分离别，恩爱夫妻不到冬。"从情境上看，团扇与"竹夫人"有相似之处。如果我们把宝钗所持看作团扇，也不妨理解为其命运的一种象征。

末了，再说蝶。对于蝴蝶，作者同样着墨不多，但寥寥数语，便将其一上一下、迎风翩跹、忽起忽落、来来往往、穿花度柳的姿态，刻画得栩栩如生。据《红楼梦》所写，玉色蝴蝶"大如团

清改琦绘《红楼梦人物图·宝钗》

扇",而可以"遮面"的团扇,自然不会太小。这一描写或许有
些夸张。但在中国文学中,蝶同样是内涵丰富的意象。关于这
一点,可参看清人陈邦彦所编《春驹小谱》("春驹"即指蝶),
此书汇录了历代有关蝴蝶的故实、神异及文学作品中的清词丽
句。黄永武还曾将中国古代诗歌中蝶与蝉作了有趣的对比,认
为蝶代表春,是浪漫派和享乐者(《中国诗学·思想篇》,新世界
出版社,2012,71-73页)。而在《红楼梦》简略的描写中,两
次特别提到是"一双",这也并非虚言漫语,"双飞蝶"或"蝶双飞"
如同"双飞燕"、"双鸳鸯"一样,在古代诗歌中频频出现,如权
德舆《自桐庐如兰溪有寄》"风前荡飏双飞蝶,花里间关百啭莺",

张籍《寒食书事二首》"舞爱双飞蝶，歌闻数里莺"，温庭筠《寒食前有感》"残芳荏苒双飞蝶，晓睡朦胧百啭莺"，王禹偁《赋得南山行送冯中允之辛谷冶按狱》"柳条渐软蝶双飞，桑叶尚多蚕一卧"，范成大《午坐》"不如双飞蝶，款款弄微风"，吴文英《清平乐·书栀子扇》"柔柯剪翠。胡蝶双飞起。……结得同心成了，任教春去多时"等等，不胜枚举。乃至小说中，如明代《萤窗清玩》第二卷《玉管笔》中《闺词》"无端帘外双飞蝶，惹动深闺万种愁"，同书第三卷《游春梦》中《闺思》"连日纱窗慵未辟，懒看花下蝶双飞"，也都是这一意象的运用。在这些诗句中，"双飞蝶"都指向或隐喻着爱情。所以，《西厢记》里有这样的台词：

夫人怕女孩儿春心荡，怪黄莺儿作对，怨粉蝶儿成双。

可见，"双飞蝶"将宝钗引到滴翠亭上，让她见证了两个丫鬟谈论男女私情，不只是为了后面所写的"金蝉脱壳"，也是上述隐喻的一个揭示，直言之，是宝钗渴望爱情下意识的一种外化。旧评或谓蝴蝶双飞乃指宝、黛之梦；宝钗扑之，意欲驱散他们；而双蝶飞走，说明"扑者枉了"，其用心没有得逞（《红楼梦三家评本》第一册，上海古籍出版社，1988，412页）这样的看法，是求之过深了。

在中国文学中，除了扑蝶，还有一个类似的意象是"扑萤"，杜牧名诗《秋夕》曰："银烛秋光冷画屏，轻罗小扇扑流萤。天阶夜色凉如水，卧看牵牛织女星。"其意境正与扑蝶相仿佛而更伤感凄凉。明人高启的《扇》就将"扑萤"、"扑蝶"对举而写："皎皎复团团，何人剪素纨。驱萤临几席，扑蝶近阑干。"如果《红楼梦》也有扑萤描写，恐怕倒是黛玉最合适了。不过，扑萤需在夜间进行，不便展开情节。也就是说，这一诗歌意象，可能并不适合作为叙事文学的情节构成部分。小说家之兼容抒情文学，还是要从自身的文体特点出发的。

总之，扑蝶是中国古代文学女性描写的一个传统意象。《红楼梦》用在宝钗身上，虽然只三言两语，却风流蕴藉，情思绵长。它说明，在《红楼梦》中，哪怕只是一个细节，也可能包含着丰富的古典文化元素，而这正是《红楼梦》百读不厌的原因之一。——有一种《红楼梦》续书《红楼圆梦》，第二十二回写到红楼梦中人宴

纪昀像

181

饮时，"十六只蝴蝶，各衔玉杯送上后，恰变做十六个娈童，连袂唱宝玉的《翠云裘》一调"，"忽见来了一大蝶，大如团扇，飞来飞去。蓉仙道：'奇了？这是太常寺老蝶，圣上都见过的，来此必有缘故！'"这一描写，显然袭自"宝钗扑蝶"，又莫名其妙地引入清人常谈论的"太常寺老蝶"（《阅微草堂笔记》《梦厂杂著》《天咫偶闻》等皆曾述及），然用笔怪异，毫无情致可言。其较原著逊色，不只思想平庸，在细节上，也殊不足道。